Eurus

Notus

文学が裁く戦争

——東京裁判から現代へ

金ヨンロン Younglong Kim

Boreas

Zephyrus

岩波新書
1996

はじめに

戦争を裁くもの

戦争を裁くのは、何か。この問いからまず思い浮かぶのは、戦争犯罪を追及する法廷の風景である。第二次世界大戦後に開かれたニュルンベルク裁判や極東国際軍事裁判（以下、東京裁判）のような、歴史的な戦争裁判が想起される。

日本に話を限定すると、いわゆるA級戦犯を裁いた東京裁判（一九四六年五月―一九四八年一一月）に加えて、ＢＣ級戦争犯罪裁判（一九四五年一〇月―一九五一年四月、以下、ＢＣ級裁判）も思い出さずにはいられない。これらの裁判において、侵略戦争の違法性が議論され、帝国日本の戦争犯罪が厳しく問われた。

つまり、戦争を裁くのは、戦争裁判である。これが最も分かりやすい答えかもしれない。

だが、本書で論じるのは、戦争裁判そのものではない。裁判が進行していた同時代から、終了して七〇年以上の歳月が経った現在にいたるまで、多くの文学者が裁判を描き続けてきたことにこそ注目したい。その作品の数は膨大である。

なぜ、作家たちは戦争裁判を繰り返し取り上げてきたのだろうか。作家たちは、文学という芸術の一形式をもって、戦争を裁く法廷にかかわれると思ったのだろうか。だとしたら、問わなければならないのは、過去にすでに判決が出て終わったはずの裁判を、文学の形態で呼び戻した意図であろう。

まず、過去の裁判を呼び戻す、ということだけを考えてみよう。東京裁判とBC級裁判の両裁判を通して、戦時中に行われた残虐行為が次々と露わになった。だが、裁判の過程ですべての暴力が明らかにされたわけではない。裁ききれなかった罪がある限り、裁きなおされることへの要請が絶えることはない。しかも、過去の法廷ではいかなる席も用意されていなかった被害者たちが、長い年月を経て沈黙をやぶり、暴力の経験を語り始めた際、誰が裁判を過去に属するものだといえるだろうか。声を上げる、暴力を訴える被害者の告発がある限り、裁判はどういう形であれ、幾度となく呼び戻されるのである。

このような必要に迫られて、戦後日本の作家たちも裁判を描き続けたのではなかったか。つまり、戦争犯罪の追及を継続し、過去の裁判をやりなおすために、文学が用いられたのではなかっただろうか。その意味で、これらの作品には、継続裁判的、または、再審請求的側面があるといえるかもしれない。法的拘束力はないけれども、現在そして未来の暴力を阻止するために、過去の戦争を召喚するという意味では、ベトナム戦争に対する民衆法廷であったラッセル法廷や、女性に対する戦争犯罪を追及した女性国際戦犯法廷のような役割が期待されてきたといえるかもしれない。
ここでひとまず、文学も戦争を裁く、という暫定的な答えを出しておこう。

何を裁くか

とはいっても、戦争裁判の何を、どのように、なぜ、やりなおそうとしているのかは、作家や作品によって、大きく異なる。だからこそ本書でも個々の作品を見ていくが、その前に、全体にかかわる問題を確認する必要がある。

まず、「何を」という対象の問題である。作家は、東京裁判を描くこともできれば、BC級裁判を描くこともできたはずである。東京裁判を選んだ場合は、帝国日本の戦争の指導者たちのなかから一人(もしくは、何人か)の人物に焦点を当てることもできたし、裁判の重要な場面をいくつか取り上げることもできただろう。

現に、城山三郎は『落日燃ゆ』のなかで、東京裁判で絞首刑を宣告された唯一の文官である広田弘毅の生を追っているし、戦争裁判を描いた文学の古典というべき木下順二の戯曲『神と人とのあいだ』は、東京裁判の速記録からいくつかの場面を取り出して裁判を再現している。

もちろん、実際の法廷に登場した人物や問題にされた事項だけが、文学の対象になるわけではない。むしろ、現実では重要視されなかった人物や出来事に注目し、想像力をめぐらすことこそ、文学(フィクション)が得意とするところである。

例えば、松本清張は、「砂の審廷　小説東京裁判」のなかでA級戦犯として起訴されたものの、精神異常を理由に刑を受けなかった大川周明に注目したし、赤坂真理は、『東京プリズン』を通して、東京裁判で起訴されなかった天皇を、幻想的な設定の舞台に召喚してみせたのである。

一方で、BC級裁判を選択した作家には、どのような選択肢があったのだろうか。全体的な特徴として、東京裁判を描いた作品が一人ひとりの人物に焦点を当てているのに対して、BC級裁判を対象にした作品には、スガモプリズンに収監されたBC級戦犯たちを描いた安部公房「壁あつき部屋」や火野葦平『戦争犯罪人』のような群像劇が多い。東条英機をはじめとした帝国日本の指導者たちを裁いた裁判と、無名の一兵士までを裁いた裁判との違いが、文学の描き方に反映されているといってもよい。

他にも、BC級裁判のなかで特にメディアの注目を浴びた事件が取り上げられる場合がある。九州帝国大学の生体解剖事件をもとにした遠藤周作『海と毒薬』や空爆を行った米軍搭乗員の処刑を命じたことで起訴された東海軍司令官・岡田資中将を描いた大岡昇平の『ながい旅』などが、そのよい例である。

こうして裁判の何を描いたのかを見ていくと、作家が選択したことと選択しなかったことが明確に見えてくるだろうし、そこからそれぞれの政治性を議論することも可能になるだろう。

いかに裁くか

次に、「どのように」描いたのか、という問題である。このことに関しては、具体的な作品を読むことでしか答えられないが、本書でいう「文学」という枠組みについて少し検討しておきたい。

本書では、文学者による戦争裁判の傍聴記、随筆(エッセイ)、小説、戯曲、映画のシナリオなどを扱う。詳細にいえば、ノンフィクション、伝記、評論、聞き書き、歴史小説、推理小説、記録文学、幻想文学といった用語で呼ばれるような作品を取り上げるが、その分類は必ずしも明確に定義できるようなものではない。にもかかわらず、本書では、虚構(フィクション)の度合いが著しく異なるこれらの作品を、すべて「文学」という括りで扱うことになる。

ただし、本書では、ジャンル的な特徴を、作家たちが選んだ表現方法として重視する。どのように描くかは、何を描くかという対象の問題とともに、作品のテーマ(主題)を形成するうえで欠かせない要素であるからだ。

前掲の木下順二の戯曲『神と人とのあいだ』は、ほぼ東京裁判の速記録をそのまま引用した第I部と、ドラマ性の高いフィクションとしてBC級裁判を描いた第II部から構成されている。一つの作品のなかでも史実とフィクションは共に存在し得るのである。この並立こそ作家が意図した方法論である以上、その方法が読者に与える効果も含めて、分析の対象にならなければならないだろう。

城山三郎『落日燃ゆ』の場合、多くの歴史資料を用いて広田弘毅を描いた「伝記」とみなされてきたが、これを歴史と呼ぶか、小説と呼ぶか、それとも歴史小説と呼ぶべきかを決めるのは困難である。

他にも歴史資料を参照し、膨大な参考文献を記している作品は多い。むしろ、裁判の記録や戦争犯罪人自身による遺書や手記など、様々な資料があってはじめて文学作品が生まれたと考えた方がいいかもしれない。議論すべきなのは、どのような資料を参考にして、どのような解釈を行い、それを文学作品として創り上げていったのか、この過程を追うことで明らかになるはずの、作家の歴史観にほかならない。

もう一つの例を挙げよう。法廷記録をはじめとした重要な一次資料や遺族とのインタビューを通して岡田資を描き上げた大岡昇平の『ながい旅』は、「ノンフィクション」と呼ばれてきたが、同様に歴史資料を多く用いた松本清張「砂の審廷　小説東京裁判」は、推理小説としても歴史小説としても読まれてきた。必要なのは、戦争を裁きなおすうえで、ノンフィクションや推理小説といったジャンルがそれぞれ有効な手段になり得たのかという検証である。

同じく、「伝記」という方法を選んだ作家は、その選択によって裁判の何を可視化し、何を不可視化したのか。歴史家として、時には探偵としてふるまう語り手と史実との距離は、どのように策定されているのか。ある作品は聞き書きとしてしか、ある作品は幻想的な設定を用いてしか、浮き彫りにできなかった暴力の内実があったのではないか。

様々なジャンルや方法論を考えることで、最終的に「文学」という問題に立ち返ることができるかもしれない。なぜ、裁判をやりなおすのに、文学なのか。この問いに戻るのだ。

なぜ裁くか

最後に本書にとって、最も重要な問題が残されている。作家たちは、「なぜ」、戦争を裁きなおそうとしたのか。この問いに答えるためには、個々の作品が生成される現場を想像する必要がある。つまり、歴史的契機を把握しなければならないのである。

本書で扱う作品には、敗戦直後に書かれたものから、近年書かれた作品まで、七〇年以上の時間の幅がある。ここでいま一度取り上げたいのは、木下順二の『神と人とのあいだ』である。東京裁判の速記録から多くを借りているこの戯曲は、一九七〇年に書かれ、上演された。しかし、それが二〇一八年に再び舞台化された際に、果たして観客は、五〇年弱もの時差に影響されないで演劇を解釈することができただろうか。東京裁判から選び取られた場面は、まったく異なる文脈に置かれ、作家が生きていた時間や作品が書かれた同時代においては想像すらできなかった意味を帯びはじめたにちがいない。

本書が、敗戦直後から時代順に戦争裁判を描いた作品を読んでいくのも、そのためである。文学が戦争裁判をやりなおそうとする試みは、時代の要請を受けて生まれるものであるがゆえに、まずはその時代において理解されなければならない。

また、作品の書かれた歴史的な状況が重要な理由は、前述したように、戦争裁判を扱った作品のほとんどすべてが多くの歴史資料を参考にしていることにも関連する。裁判関係の資料が新たに発掘され、歴史の記述が更新されるのと連動して文学作品も書かれているので、公正に評価するためにも同時代の状況は参照されねばならないのである。

さらに、戦争裁判を描いた作品を時代別に読んでいくことで、作品同士が同時代においてどのような問題を共有し、また対立的な意見を打ち出しているのか、前に書かれた作品を、後の作品がどのように継承しているのか、といった点も見えてくるだろう。

以上のことに留意しながら、これから戦争裁判を描いた作品を読み、文学に戦争を裁くことができるのか、という本書の問いに答えていきたい。その答えが、納得のいくものかどうかの判断は読者に委ねたい。

研究分野における本書の位置づけについても少し付け加えておく。本書は、戦争裁判に関連する文学作品を年代順に論じた初めての試みである。戦争裁判研究においては、文化的アプローチを通して裁判の受容史を再考する契機になると思うし、文学研究においては、戦争裁判を軸に作品を再配列することによって、個々の作家や作品からは見えなかった新たな発見や読みが可能になると考える。

目次

一、引用に際しては、原則として旧字を新字に改め、旧仮名遣いは底本のままとした。ただし、固有名詞等、旧字を残した場合がある。振り仮名、傍点等は適宜省略し、明らかな誤植・脱字と判断されるものは訂正した。
二、単行本の書名、叢書名、新聞、雑誌名は『　』、その他のタイトルは「　」で表記した。
三、本文中の引用は、「　」で括り、長めの引用は、二字下げとした。引用文中に注を加える場合は、（　）内に記した。
四、引用文に見られる不適切な表現については、歴史性を考慮してそのままにした。
五、本書で取り上げる作品の底本は、巻末の主要参考文献とともに記した。

第1章

東京裁判と同時代作家たち

東京裁判・満員の傍聴席(1948年).

日本政府がポツダム宣言の受諾を決定したのは、広島と長崎に原爆が投下された後の、一九四五年八月一四日であった。「玉音放送」によって日本の敗戦が国民に知らされたのはその翌日である。

ポツダム宣言に明記された降伏条項の一つには、戦争犯罪人に対する厳重な処罰があり、それを根拠に連合国は、東京裁判の準備に着手した。一九四五年九月二日の降伏文書調印が行われてまもなく、連合国軍最高司令官のダグラス・マッカーサーは、戦争犯罪容疑者の逮捕を始め、翌年一月一九日には、極東国際軍事裁判所設立に関する「特別宣言」を発した。東京裁判で裁く二八人の被告（A級容疑者）が選定されたのは、一九四六年四月であり、市ケ谷で東京裁判が開廷したのが同年五月三日であったことから、裁判の準備から開廷までどれほど目まぐるしく展開したのかが窺える。

従来の「通例の戦争犯罪」に、「平和に対する罪」（侵略戦争の計画、準備、開始、遂行など）と「人道に対する罪」（一般市民に対する虐殺など非人道的行為）という新たな戦争犯罪の概念を加えて進められた法廷が、判決の日を迎えたのは、一九四八年一一月一二日である。二八人のうち、大川周明（おおかわしゅうめい）が精神障害のために免訴となり、松岡洋右（まつおかようすけ）と永野修身（ながのおさみ）が判決の前に死亡した。残された二五人の被告は、東条英機（とうじょうひでき）ら七人が絞首刑となり、他は終身禁固刑および有期禁固刑となり、全員有罪を宣告された。

こうした東京裁判が、新憲法をはじめ、農地改革、財閥解体、公職追放、婦人参政権など非軍事化と民主化を目的とした占領改革と同時進行していたことも忘れてはならないだろう。つまり、敗戦直後の日本では、いかに過去の戦争と向き合うかということが、いかに戦後日本を築いていくかとともに問われていたのである。

本章では、まさにこのような時代に、リアルタイムで東京裁判を見聞きした作家たちの反応を取り上げる。東京裁判に出かけた作家の傍聴記をはじめ、同時代の評論、東京裁判を描き始めた文学作品を順に見ていく。そのことで、東京裁判が残した課題と文学のかかわり方の原型を確かめたい。

1　傍聴人としての作家たち——川端康成、大佛次郎

川端康成と判決の日

市ケ谷で開廷した東京裁判を直接見に行った作家はかなりいた。特に最後の日は注目を集めていた。読売新聞社に依頼され、判決が下される場に居合わせた川端康成（かわばたやすなり）は、他の作家たち——豊島与志雄（とよしまよしお）、大佛次郎、中山義秀、寺崎浩（てらざきひろし）を見かけたと記している［川端、一九四九］。新聞記事も川端康成と大佛次郎が記者席にいたことを伝えている［読売新聞、一九四八］。作家たちは、記者席または傍聴席から法廷を眺めていたわけだ。ちなみに、一般人の傍聴席は、裁判官席を正面として左側であ

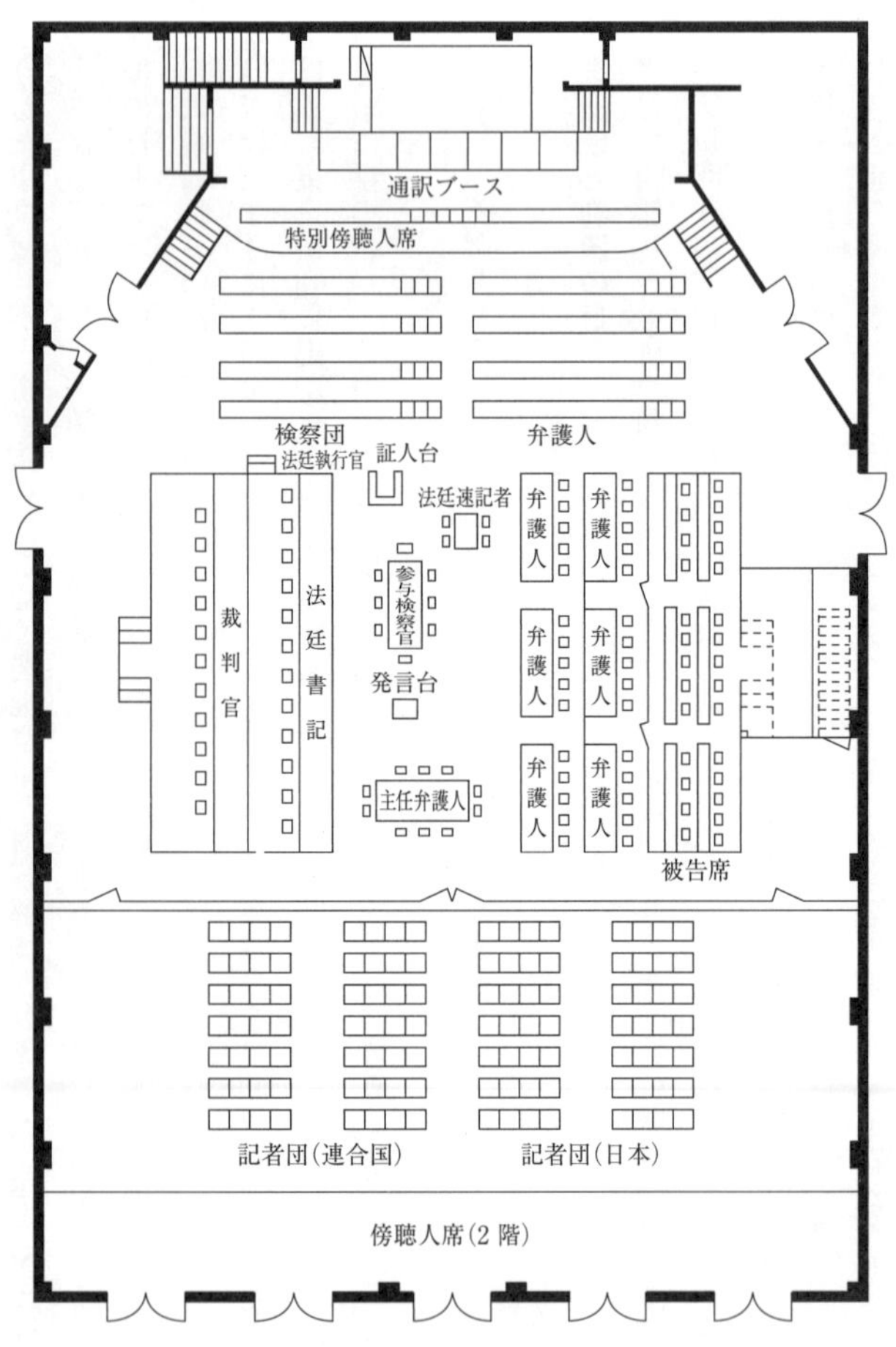
通訳ブース
特別傍聴人席
検察団
弁護人
法廷執行官
証人台
法廷速記者
裁判官
法廷書記
参与検察官
発言台
主任弁護人
弁護人
弁護人
弁護人
弁護人
弁護人
弁護人
被告席
記者団(連合国)
記者団(日本)
傍聴人席(2階)

図1　東京裁判の法廷

り、記者団席の上部後方の二階に配置されていた(図1)。

作家たちは、東京裁判の判決をどのように見ていたのだろうか。最初に取り上げたいのは、川端康成の「判決の記」(『社会』一九四九年一月)である。川端は、傍聴記を書こうとしているところに、塩尻公明著『或る遺書について』(新潮社、一九四八年)が届いたという。戦争末期に応召入隊し、カーニコバル島で終戦を迎え、シンガポールで戦争犯罪人として死刑に処された木村久夫という学徒兵の遺書が紹介された書籍である。川端は、「もともと軍隊と戦争がなにより嫌ひな青年」であった木村に死刑を宣告したBC級裁判と、目の前で展開されている東京裁判をつなげて考えようとする。

東京裁判についても、裁かれてゐるのは日本人そのものであるとは、すべての論者の言ふところで、おそらくその通りだらうが、戦争の起因は日本の歴史にも日本の地理にもあつて、今日の日本人のせゐばかりではない。勿論東京裁判のわづか二十五人のなし得たことではない。これらの人達は政治と戦争をなしつつあつた時、自分の大きい力を信じてゐたかもしれないが、今被告席にならんでゐるところを見ると、私は悲惨な道化芝居の終幕を見るやうな気がしないでもなかつた。

「奇しき運命の手によつて処刑される廻り合せになつた」のは、学生木村君と大して距たりがないやうにも思へた。木村君も私達もこの悲喜劇に登場する端役なのである。しかし無論東條氏等と木村君とは大きい距たりがある。この距たりの大きさも東條氏等の罪の大きさの一つであらう。木村君のやうな例は「数限りなくある。」

川端は、戦争の原因を「今日の日本人のせゐ」にすることにも、A級戦犯に責任を負わせることにも懐疑的である。彼にとって、かつての帝国日本の指導者たちが被告席に並んでいる風景が「悲惨な道化芝居の終幕」に映るゆえんである。

川端にかぎらず、当時、戦争裁判を「道化芝居」、「茶番劇」、「猿芝居」と冷ややかに表現した論者は少なくなかったし、そもそも法廷を劇に譬えること自体、常套句として古くからあった。むしろ注目すべきは、その「芝居」において川端が自分をどこに位置づけていたのか、である。

普通なら、被告、原告、弁護人、検事、判事などは、法廷という舞台の上で与えられた役を演じ、傍聴人は、観客として上演される法廷を眺めればいい。だが、「日本人そのもの」が裁かれるとされている裁判において傍聴人は、ただの一観客にはなり得ない。右に引用した川端の文章が、実にそのことを上手く表している。

川端は、帝国日本の指導者たちであった「二十五人」と「木村君」との隔たりを認めつつも、戦争裁判の被告たちという枠組みで彼らを一括りにする。そのうえ、「木村君も私達も」という形で、傍聴人であったはずの「私」＝川端自身を、いつのまにか「私達」として舞台に出現させてしまっている。被告席との距離がほとんど取れず、被告たちに自らを重ねながら東京裁判を傍聴していた川端が、判決の日に「憂鬱」を感じたというのも当然かもしれない。しかも、この曖昧な一人称複数である「私達」に与えられたのは、「悲喜劇に登場する端役」にすぎない。川端は、責任主体としての主役を、この被告席から見いだせずにいるのだ。

東京裁判の精神と未来への提案

このように東京裁判を眺めていた川端も、裁判が単に過去を裁いているものでないことを鋭く捉えていた。川端は、絞首刑と終身禁固刑とで死と生の分かれ目に立たされた被告たちの印象を伝えながら、次のように述べる。

十一ヶ国によつて死刑されるこの七名を最後に、日本は国内に死刑をなくすることは出来ないものであらうか。この七名が日本人の最後の死刑となれば、東京裁判の精神も国際的にも国内的にも生きると言へないだらうか。最後の死刑囚とすることほど七人を救ひ、七人に痛めつけられた人々を慰めることはなささうである。日本が戦争を放棄したのなら死刑も放棄すべきである。それが理の当然ではないか。先づ死刑廃止を平和国家のあかしとすべきである。最も人命を軽んじた国は最も人命を尊ぶ国に変れないであらうか。

裁判の判決が二五人の被告に対する刑の宣告という意味をはるかに超えて未来に影響するだろうということを理解していたからこそ、川端は、東京裁判の精神を活かす方向として、死刑廃止を提案したのである。
だが、絞首刑を宣告されたA級戦犯を見ながら、彼らを最後の死刑囚とし、平和国家のあかしとすべきだと論じることは、見方によっては皮肉にも取れるだろう。そして何より、この未来向けの提案に「日本人」以外の人々が想定されているのか、という疑問が残る。被告席に極めて近いところから、死刑囚の七人とその七人に痛めつけられた人々を慰めるために死刑を廃止しようという主張は、「国際的」ではなく、「国内的」に限定されたものに見えるからだ。

大佛次郎と判決の意味

この点、川端と同じ記者席から判決の法廷を見ていた大佛次郎(おさらぎじろう)は対照的である。「東京裁判の判決」(『朝日評論』一九四八年一二月)で大佛は、記者席にいる自分の位置を強く意識しつつ、被告席に限らず、裁判官席、「十一箇国の国旗の美しい色の他に、階段になつている弁護人席、検察席、特別傍聴人席」、通訳者、外国の通信社の電話室まで描き出す。そのうえで、大佛が判決の日に見いだす意味は、次のようなものである。

この裁判の判決は、世界平和維持の為の将来の立法をなすものとされている。判決は被告席にいる者だけが対象ではない。「平和に対する罪」即ち侵略戦争の計画、準備、開始、遂行の罪を国際刑法上に確認するとともに、巴里の不戦条約違反は犯罪として国家にも個人にも責任ありとする鉄則を世界史の上に樹てようとしたものなのである。裁判の原告は文明であると称せられた。人類の平和に新らしい基盤を築こうとする熱情に導かれているのである。私どもは、新しい歴史の頁の前に立たされている。そしてその傍に、日本の過去の象徴としての被告席を見ているのだつた。新らしい歴史の意慾の側に、敗残の老人たちを列ねて見ているのだつた。〔中略〕（戦争のない世界を作ろうという、引用者）この理想に君たち日本人は同感しないか、そう尋ねられているのである。被告とともに裁かれながら、私どもは新らしい道に誘われているのである。

東京裁判の判決

大佛次郎

東京裁判が開廷せられて最初の頃に傍聴したことがあつた。最早二年前のことに成る。その折の印象で私の心に残つているのは、被告が著しく貧しげに見えたことである。誰も一様に顔色が悪く、皮膚に光沢がなく、大きな輪郭のマスクを持つたものでも、どことなく痩せて見えた。それに何と云つても老人ばかりで、その老いが一時に目立つた感じがあつた。

平静に観察していても、殆ど、ひとつかみとも云える影のやつれたこれだけの人間が國の運命を曳摺つて、今日の破局を来たらしめたとは信じられないくらいの、やる瀬ないような、味気ない思いであつた。人間と云うものが、かくも容易に、變貌するとは奇怪に思われるくらいであつた。彼等の運命がさかんだつた日、國民を叱咤し激励し、國の運命を肩に背負つているように見えた時代は、危ぶみながらも、餘計な光彩を彼らの姿に附加えて眺めていた爲に今日の彼等に一時に、この幻滅を覚えたと云うのだろうか？

被告の数人は、もとの軍服を着ている。これが襟章もモオルも過去に威厳をつけていた装飾を失つているのと同じく、私どもに憑いていた狐もいつの間にか落ちて

図2　大佛次郎「東京裁判の判決」

大佛による裁判の意味付けは、川端よりはるかに積極的なものになっている。過去の戦争を裁くことで人類の平和という未来の基盤を築こうとする裁判を評価し、従来の国際法上の概念として定着しておらず、新たに加えられたことで多くの批判もあった「平和に対する罪」に関しても、「世界平和維持の為の将来の立法」と見なしている。

さらに見過ごせないのは、大佛が「判決は被告席にいる者だけが対象ではない」としつつも、被告席にいる人々と自らを慎重に区別していることである。被告たちが「日本の過去の象徴」である以上、「私ども」は、彼らから自らを切り離し、「新らしい歴史」の側に立たなければならない。そのため、「被告とともに裁かれながら」、同時に「新らしい道に誘われている」主体として、「私ども」という一人称複数形が用いられているのである。

被告たちのなかに映し出された川端の「私達」＝「日本人」と異なって、大佛の文章で「日本人」が立ち上がってくるのが、二人称としてであったことも注目に値する。新しい理想に「君たち日本人は同感しないか」という、世界からの問いかけに応じて「日本人」は現れていたのである。

世界の視線と被害者への想像力

世界からの視線をどう意識したのかは、被害者をどう想像していたのかに直結する。川端も大佛も、判事席の後ろを飾っている一一カ国の国旗を強く意識し、最も辛かった場面として、日本軍の残虐行為が読み上げられた瞬間を記憶していた。だが、川端がそうした残虐を「世界の戦争の歴史につきもの」とはいえ、「日本がより多く行つたとすると、これほどいやなものはない」と迂回しながら語っていたのに対し、大佛は、次のように正面から問題視している。

聴いていて一番つらかつたのは、日本軍の残虐行為のくだりであつた。この民族的な汚点を世界の目から拭い去るのに、これから何十年の歳月を要するか私は知らない。実に聞くに耐えなかつた。しかし、聞かねばならぬ。〔中略〕被告席は、この章の朗読の間も、一様に空白に無表情でいた。一せいに注がれた外人たちの強い視線に耐えている為であつたか？　無感動でいたとは私には信じられない。退席の時、二階の傍聴席の家族を見上げて会釈を与えて出て行つた者もあつたのだから、南京でわけなく殺傷せられた人間に妻もあり親も子もあつた事実を想定出来なかつたとは信じ難い、その人間を一人殺したのを見ても、その人は死んでよいのである。素質の悪い兵隊が、無智の為に捕虜を虐待しても処刑せられている時、事情を知り得る指揮者が、大量の残虐行為を看過して置いて、無罪でいられるわけがない。その人は無智ではない、日本人の中の有識者だつたのである。

「世界の目」と「外人たちの強い視線」を感じながら、大佛は、被害者たちに思いをめぐらす。傍聴席にいる家族に挨拶する被告たちを見ながら、彼らが残虐行為の被害者たちにも家族がいたことをどれほど想定していたのか、を考えるのである。

その意味で、川端が「判決の記」の冒頭で『或る遺書について』を取り上げながら、カーニコバル島の島民に対する日本軍の残虐行為には言及せず、青年から無垢な被害者像のみを抽出したことは、彼の被害者に対する無関心の現れだったかもしれない。しかし、大佛は、被告人との距離をとり、被害者を具体的に思い描くことで、日本軍が行った残虐行為に対する指揮者としての責任を厳しく問うことができたのである。

ついに裁判は閉廷した。他者を経由して被告たちを眺めていた大佛は、「あの無表情なマスクの裏に、どんな心が隠れていたかは今は知る由がないが、悪かつたと誰も云わなかつたのが不思議なような心持がする」と文章を閉じる。この素直な違和感こそ、東京裁判とその判決が残した課題であったかもしれない。「悪かつたと誰も云わなかつた」。そこに欠けていたのは、被害者への想像力であり、戦争および戦争犯罪に対する加害意識であったのだ。

2　裁判が残すもの――中山義秀、中野重治、宮本百合子

証人台の溥儀と占領期検閲

東京裁判の最終日に、傍聴人としての作家たちが、被告席との心理的遠近によって裁判に異なる意味を見いだしていたことを確認した。月日は前後するが、東京裁判のもう一つの劇的な場面をめぐる作家たちの反応を通して、裁判が残した課題を検討したい。

今度注目するのは、証人席である。一九四六年八月一六日から二七日まで、旧「満州国」皇帝である溥儀(ふぎ)が、敗戦後の日本に戻って東京裁判の証人台に立った。このことは、当時大きな関心を集め、メディアも集中的に報道していた。

数回東京裁判を傍聴した中山義秀は、特に溥儀の証言が印象に残ったらしく、「猿芝居」(『東北文学』一九四六年一一月)というエッセイや「迷路」(『群像』一九四七年六月)という短編小説などで言及している。

中山にとって溥儀は、敗戦という現実を突きつける象徴として認識された。帝国日本の指導者た

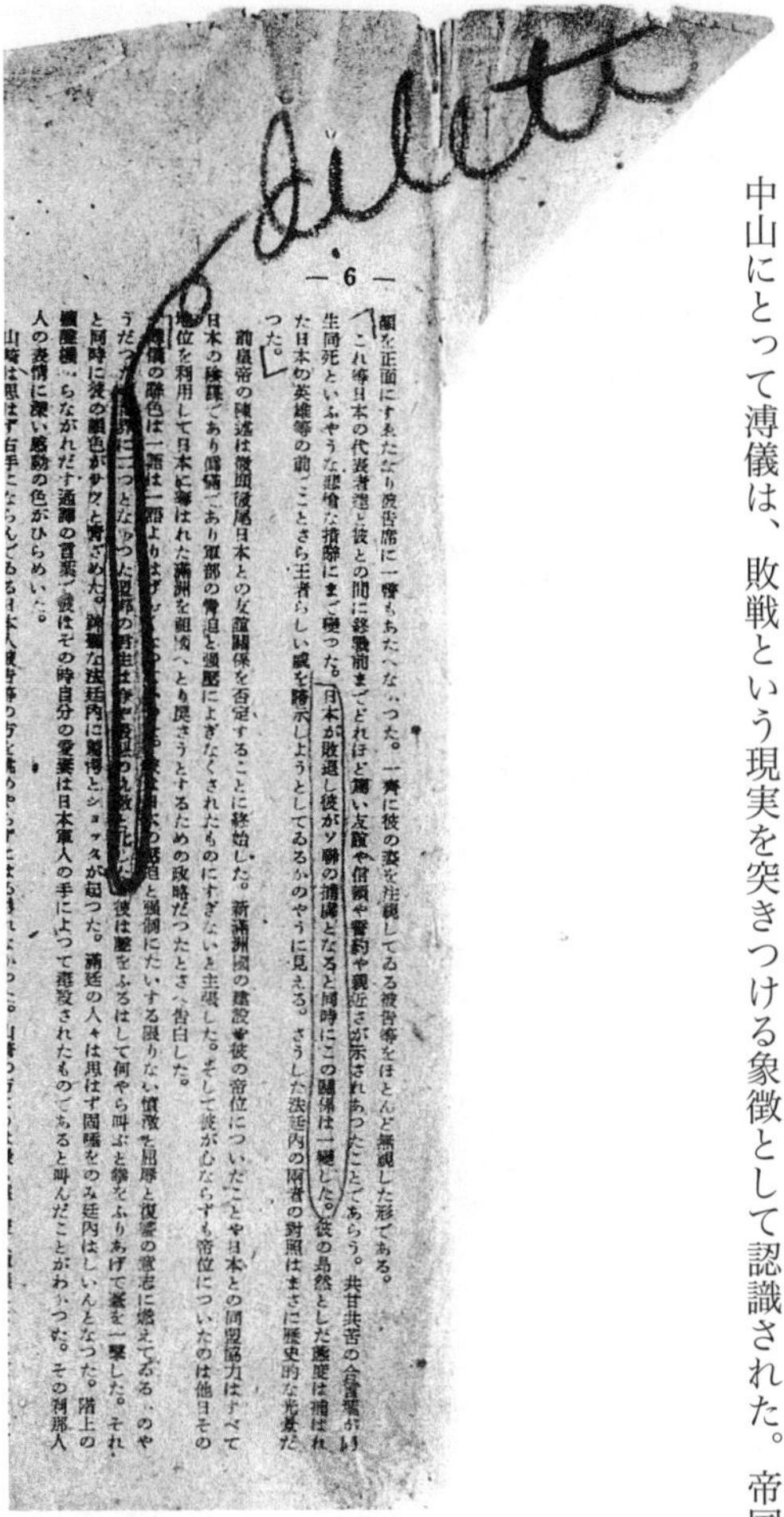

図3　中山義秀「迷路」の検閲済み校正刷

ちが戦争犯罪者として裁かれる法廷において、傀儡(かいらい)国家の皇帝であった溥儀が証人台に立ち、彼らを批判する。それを「歴史的な光景」として捉えたのである。「迷路」の一つの場面を引用しよう。

溥儀の辞色は一語は一語よりはげしくなつていつた。彼は日本の圧迫と強制にたいする限りない憤激と屈辱と復讐の意志に燃えてゐるかのやうだつた。世界に二つとなかつた盟邦の君主は今や最悪の仇敵と化した。彼は声をふるはして何やら叫ぶと拳をふりあげて台を一撃した。それと同時に彼の顔色がサッと青ざめた。神聖な法廷内に驚愕とショックが起つた。満廷の人々は思はず固唾をのみ廷内はしいんとなつた。階上の拡声機からながれだす通訳の言葉で彼はその時自分の愛妻は日本軍人の手によつて毒殺されたものであると叫んだことがわかつた。その刹那人人の表情に深い感動の色がひらめいた。(傍線引用者)

中山は、東京裁判のハイライトとして溥儀の証言を描き出している。当時ソ連軍の捕虜となって中国の戦犯にあげられていた溥儀をどう評価するかは難しい問題であるが、ここで注目したいのは、傍線部である。関東軍の横暴を告発する溥儀を「世界に二つとなかつた盟邦の君主は今や最悪の仇敵と化した」と表現した箇所は、実は、GHQ/SCAP検閲によって部分削除の対象になっていた(図3)。検閲の理由は、「他の連合国への批判 Criticism of Other Allies (Manchuria)」とされている。つまり、帝国日本のかつての「盟邦」は、いまは「連合国」側に立っており、溥儀を批判するのは、連合国を批判することと同様に受け止められたのである。

さらに検閲官の目がこの箇所に留まった理由には、当時多くの文学者や知識人が溥儀を批判していたという文脈がある。そのほとんどは、中山の文章と同じく検閲された。

例えば、評論家の大宅壮一(おおやそういち)は、「溥儀皇帝の悲劇」(『光』一九四六年一二月)のなかで露骨に溥儀への憎悪を表している。大宅は「たとへば、金か暴力で無理に一緒にさせられた女でも、十年以上も同棲生活をつづければ、少しは男に情がうつるのが自然であり、急に別れ話が出たからといつて、男の悪口ばかりがなり立てるのはをかしい」と書いている。ジェンダーの比喩を用いて帝国に対する植民地の裏切りを表現しようとした大宅は、その過程で、「金か暴力で無理に一緒にさせられた」という植民地化の暴力をも露呈してしまっている。

このように検閲を視野に入れることで、同時代に戦争裁判を書くことが、常に占領当局への意識をともなうものであったことに改めて気づかされる。そのためか、当時の文章に直接東京裁判を批判したり戦犯を擁護したりすることで、露骨な過去への賛美を表すものはあまりない。むしろ、溥儀への批判に明らかなように、裁判への不満は、旧植民地への憎悪といった形で、宛先を間違えて発露しているように見受けられる。そこに植民地支配への責任という意識は読み取れない。

中野重治の戦争責任論

この問題にすでに気がつき、戦争裁判の課題を見いだしていた作家が中野重治(なかのしげはる)であった。彼は、

「文学のこと・文学以前のこと」(『社会評論』一九四六年一二月)で次のように語っている。

日本の多くの新聞は極東軍事裁判の進行をかいてゐる。ニウルンベルク裁判のこともかいてゐる。けれども、実地には、極東軍事裁判の問題を自分の、日本国民の問題としては非常に不十分にしか考へてゐぬやうである。それの端的にあらはれたのが「満洲国皇帝」溥儀の取りあつかひ方である。

この後、中野は、『東京新聞』の記事を例に挙げている。溥儀がすべてを関東軍の圧迫によるものとし、自分に「一片の自由意志も許されなかつた」と証言していることに対して、記事は、戦時中の溥儀が残した友好の詩「訪日の帰路の詩」を取り上げながら「傀儡師」の態度を嘲笑していた。

それに対して中野は、「もしわれ〳〵日本人が、戦争責任の問題をわれ〳〵自身の問題、国民自身の問題としてかんがへるとき、前の満洲国皇帝を卑怯者あつかひ、馬鹿あつかひをしながら、本家本元の日本天皇にふれぬとしたら、われ〳〵日本人の正義とほこりとはどこに求めることができるのか」と糾弾する。「われ〳〵自身の問題」、「国民自身の問題」という言葉は、連合国によって裁かれ、責任を問われているという、受け身の考え方を強く拒否している。「われ〳〵」が裁き、問わねばならない。「われ〳〵」は、被告の役だけでなく、検事の役も担わなければならないと主張するのである。

しかし、天皇を棚上げにしたまま、溥儀への憎悪を語っている世論は、戦争裁判と戦争責任を

「われ〳〵」の問題として引き受けていないようである。同様な旨の文章を「愛国と売国」(『日本評論』一九四六年一一月)などでも述べており、中野は、この問題にこだわりを見せる。ずらされた憎悪の向け方と肝心な問題を回避しようとする心理は連動しており、そこに「正義」の問題が横たわっていることを認識していたからだ。

暴力の連続性

中野が、戦後日本の課題として、暴力の連続性を強調していたことも特記すべきである。「むごい人間とやさしい人間——極東裁判の記事をよんで」(『アカハタ』一九四六年一二月二一日)で中野は、まだ東京裁判に行けずにいるが、その代わりに新聞記事を詳しく読んでいるといい、フィリピンでの残虐事件を読むのがとりわけ苦しかったと告げている。そのうえで、報道の仕方や捉え方に対して問題提起を行っている。

火あぶり、鼻へ水をさす、女のからだへ棒を入れる、そういうことは、軍隊とならんで警察がやつて来た。しかも戦争でもなく、戦地でもないところで、特別いびつにされた精神状態というのでなく、順序だててその用意をして、菊の紋の帽子をかぶる人間が、それも背広に着かえてそれをやつて、それに対し政府がほうびを出して来たのだ。それを思うと、ヒリッピンでひどいことをした兵隊たちに、今の新聞のかき方はあまりに片手おちだと思う。あの兵隊たちは鬼畜のふるまいをした。しかし第一に飢え、やけくそ、やぶれかぶれ、考える力を失わされたこと、軍命令が彼らのうしろ、足もとにあつた。そういう兵隊を、われわれが高いさらし台に立たせて、あれがわれわれと同じ日本人だろうかと身ぶるいするとすれば、われわれはいわば警察と一しよになつて、やけくそからでなく計画として同じことをやつた警察に、あわれな兵隊同胞を盾として自由にさせるわけではないか。

戦地という特殊な場所で、戦闘員の特殊な精神状態において行われた暴力として残虐行為を理解し、軍隊を一般社会から切り離すメディアの捉え方に対して、中野は、戦場の軍隊と国内の警察を結びつけ、暴力の連続性を可視化する。被告たちの行動を特殊な状況における異常な行動とのみみなして軍や警察の組織の問題に触れようとしないことは、戦時中の国内的暴力(この警察の暴力は植民地で最も深刻な形で現れたが)を見過ごすことにつながり、さらに、いま占領下で行われている暴力をも容認しかねないと見たからだ。

中野は、「目を蔽ばかりの裁判記録」(ママ)を読むと同時に、「現にいま、武装した警官によつて、いたるところでわけても女にたいして」行われている暴力を見据えるよう訴えて文章を結ぶ。占領下において、「ヤミの女」、「若い女の労働者、人の妻、むすめたち」に対して行われていた性病検査と吉原病院の問題を指している。こうした暴力を、戦時からの連続として捉えない限り、軍隊を解体してもなお暴力は残存してしまうと警告するのだ。

宮本百合子と東京裁判

戦時中に国内で警察の暴力を経験し、数多くの虐殺を見てきた宮本百合子にとっても、東京裁判で露わになりつつある軍隊の残虐行為は、銃後の社会と断絶的なものではなかった。それゆえに彼女は、東京裁判の被告たちが注目される傍らで、旧勢力や軍国主義者たちが復活することを強く警戒していた。

特に、宮本が女性たちにとっての戦争裁判の意味と戦争責任を考えていたことは見逃すべきではない。中野重治も「おかあさんがたへ」(一九四八年二月二〇日、ラジオ第一放送で午後一時から放送)のなかで、「日本のすべてのおかあさんがた」に東京裁判の模様をしっかり見届け、ポツダム宣言を読み返し、内容をよく呑み込んでほしいと述べていた。敗戦によって押し付けられた至上命令として、ポツダム宣言や戦争裁判を捉えるのではなく、新憲法や民主主義を含む新しい価値を、自らが選ぶべき命題として理解するよう訴えたのである。

だが、宮本は、「明日の知性」(『女性改造』一九四七年二月)においてより積極的に女性たちに呼びかけている。「東京裁判のラジオをきいている私たちの心の苦痛はいかばかりであろう」と共感を示しつつ、「世界の女性に向つて」「私たち日本人がすべてこういう兇暴な本性をもつているとはおもわないでください!」と叫びたい気持ちを述べる。そのうえで、「同時に私たちは、身の毛のよだつおもいで省みずにいられない」と主張し、銃後にいた女性たちに自らの過去を振り返るよう促すのである。

なかでも宮本が問題視したのは、戦時中に海外に出かけた女性作家たちの役割であった。彼女たちに求められたのは、「侵略の銃につけられた花束」、もしくは「故国にとりのこされている無数の妻や母たちに、女のあたしたちも行くところ、と侵略の容易さや、いつわられた雄々しさのうらずけをする」ことではなかったかと、文学者としての戦争責任を追及したのである。

林芙美子と文学者の戦争責任

宮本は、「一九四六年の文壇――新日本文学会における一般報告――」(『日本評論』一九四七年五・六月合併号)で直接林芙美子に言及している。

ここに「北岸部隊」というものを書いた一人の作家があります。農村から、工場から、勤口から、学校から兵隊にされて行つている人達が、人間らしく悲しみ、人間らしく無邪気に歓び、死にさらされている有様を目撃して、それを人々に伝えたい、という意企で書かれたものかもしれません。「北岸部隊」はそのもう何年か前に作者に印税を与えて今は人目にふれなくなつているものです。しかし、この頃東京裁判で、私たちが知らされていることはどうでしょう。「北岸部隊」の兵士たちは、彼等が一人一人であつたらしなかつた非人間な惨虐を行い、或は行わせられたことを知りました。これは私たちすべてにとつて、心からのおどろきであり苦痛です。

戦時中に活躍した従軍作家である林芙美子は、一九三八年にペン部隊の一員として陸軍第六師団の漢口攻略に付き添った経験を「北岸部隊」(『婦人公論』一九三九年一月)にしたためていた。

ここで宮本は、一人の作家が書いた戦争の内実が、東京裁判によって覆されたことを指摘している。林芙美子が直接見聞きしたはずの戦場と、裁判が明らかにした戦場の真相とがあまりにも違ったことに苦痛を感じたというのだ。それから暴力を覆い隠していた作品が兵隊や一般民衆のみならず、作家自身に対する「偽瞞と侮蔑」であろうことを想像し、「そこにこそ、その作家にとつて昨日はなかつた今日及び明日の芸術のテーマが与えられている」と続ける。単なる批判に終わるのではなく、新しい文学への期待も表しているのである。

このように見てくると、安全なところで、ただの傍聴人として東京裁判を眺めた作家は一人もいなかったのかもしれない。作家たちは、被告席や証人席との距離を測りつつ、弁護士(被告たちを擁護していた川端)、判事(一一カ国に象徴される世界を意識した大佛)、検事(より厳しく追及されるべきものとして、警察の暴力、天皇・女性たち・文学者の戦争責任を取り上げていた中野、宮本)といった役を引き受けながら、舞台における自分の位置を確かめていたのだ。

3　文学の前景としての戦争裁判——梅崎春生、久生十蘭、林芙美子

梅崎春生「黄色い日日」

二人の男が花札をしている最中に、または、久々に再会した恋人と会話する途中に、ラジオから

東京裁判の中継が流れてくる。いま読むと、物語での登場があまりにも唐突に見受けられる東京裁

判が、同時代においては、文学作品の背景というより、むしろ前景であったことを見過ごしてはな

ならない。

東京裁判で明らかになりつつあった戦争の真相と、作品に登場する人物たちの造形とは、緊密に

つながっていた。作品に流れる裁判の中継は、同時代に共有されていた文脈を呼び覚まし、作家と

読者を巻き込みながら、登場人物の過去を召喚したのである。その意味で、ここで扱う作品は、戦

争裁判によってはじめて生み出された物語とさえいえる。

花札をしている男たちの話から見ていこう。梅崎春生(うめざきはるお)の小説「黄色い日日」(『新潮』一九四九年五

月)には、戦時中に何をしていたのかが具体的に明かされていない男たちが登場する。焦点人物も

「彼」という三人称であり、復員してきて白木という男から間借りをしているという他にほとんど

情報が与えられていない。家主の白木は、軍鶏を闘わせるのが唯一の楽しみであるような男であり、

生活が困窮しているために一日も早く間借りの人々に家を出てもらいたい。「彼」とは別に間借りをしている発田は、終戦まで朝鮮にいたらしいが、いまは玩具屋の隅で何かに怒り、何かに耐えているように見える謎めいた人物である。

「彼」を中心にもう一つ並行している物語にも二人の男が登場する。一人は、雑誌の編集をしている中山であり、もう一人は、強盗で警察に捕まっている三元である。「彼」と中山は、三元を助ける方法を模索するなか、三元の精神鑑定を申請することを思い付く。次は、その相談で二人がM精神病院を訪れた際の会話である。

「しかし変なものだね」すこし間をおいて彼は言つた。「精神鑑定を申請してさ、気違ひといふことになれば、三元は無罪になるだらう。しかし三元にして見れば、気違ひになるよりは、刑務所へ行つた方がいい、と言い出すかも知れないね」

「そりやさうかも知れん」

「その点から言へば、僕たちはひどく僭越なことをやつてるとも思ふんだよ。三元のことだけに限らず、どんなことにもね。僭越といふより、何かしら、実質もなにも無い、へなへなしたやうなやり方ばかりで、生きてゐるやうな気がするよ、おれは」

友人の気持ちを確かめないまま、精神鑑定による無罪を考えたことが、「何かしら、実質もなにも無い、へなへなしたやうなやり方」と表現されている。こうした感覚は、タイトルの「黄色い日

日」というイメージとも結びついており、小説の世界を形作っている。視点人物が黄疸に罹ってい
るという設定の象徴性に加えて、登場人物の来歴や描かれる様々な場面は何一つ鮮明でなく、黄色
いフィルターがかかっているようである。

ラジオから聞こえる判決

ある日、このような状態とはおそらく正反対の性質を帯びた言葉が、「彼」に響いてくる。

ラヂオからは、東京裁判の実況放送が流れてゐた。英語と日本語が入りみだれて聞えてゐた。
その中から、ひときは荘重なはつきりした言葉を、彼の耳は拾ひあげてゐた。その言葉は、あ
る重量と実質をふくんで、彼の耳におちた。

「デス・バイ・ハンギング」

「デス・バイ・ハンギング」

ぶらりとぶら下つた人間の姿が眼の前に見えるやうぢやないか、と彼は心の中でつぶやいた。
しかしその言葉の重さは、それだけでなかつた。なにか言ひようのない拡がりを、その言葉は
持つてゐた。肉声を殺した機械音であつたから、なほのことその感じは強かつた。それは沢山
の人を殺し、彼自身の内部のものを殺した兇暴な嵐の、ひとつの帰結点の位置で発音されてゐ
た。

（このやうな実質のある重い言葉を、どんなに長い間おれは聞かなかつただらう？）（傍線引用者）

「彼」が白木と花札をしている途中に、東京裁判を中継するラジオから聞こえてきた「デス・バイ・ハンギング」（絞首刑）というのが、決定的な言葉であったのだ。判決の日に七人の被告たちに下されたこの言葉を形容する傍線部に注目すれば、それまで「彼」を包んでいた「黄色い日日」との対比が見て取れよう。

「デス・バイ・ハンギング」が「沢山の人を殺し、彼自身の内部のものを殺した兇暴な嵐の、ひとつの帰結点の位置で発音されてゐた」と表現されているところも重要である。それは、単に過去の戦争を示す比喩に過ぎないのだろうか。それとも、そこに復員兵である「彼」の過去が呼び戻されていると読むべきだろうか。確かなのは、東京裁判の判決として発せられた言葉の「重さ」と「拡がり」が、「彼」自身に、確実に及んでいるということである。

こうして東京裁判のラジオは、戦時中の経験を語らないまま、敗戦直後を生きている男たちの物語に関係してくるのである。さらにいえば、同時代において、戦時中の日本兵が何をしたのかを露わにした「東京裁判」という語が、小説の世界で用いられた瞬間、その結果としての絞首刑が「実質のある重い言葉」として受け止められた瞬間、空白だった登場人物の過去は、読者によってすでに補われたとみてよいのだ。

読解のキーとしての裁判

前景としての東京裁判を意識して小説を読み進めると、友人の精神鑑定の件も一つの伏線であったことに気づかされる。精神鑑定による無罪と絞首刑を形容する言葉の対比は、自然な形で同時代の読者に一人の男を想起させたはずである。それは、「彼」がM精神病院ですれ違った男、「A級戦犯の法廷から除外された男」にほかならない。帝国日本の戦争を煽動した思想的リーダーとして起訴されたにもかかわらず、精神異常で免訴となった大川周明のことである。ちなみに、本書第四章で扱う「砂の審廷」で松本清張は、大川を正面から取り上げている。

いずれにせよ、「彼」にとっても、おそらく大川周明にとっても、「デス・バイ・ハンギング」は、逃れられない言葉であったにちがいない。そのことは、この後の小説の展開に暗示されている。

闘いに負けて使えなくなった白木の軍鶏が他所に売りつけられ、「ぢたばたしないで、死ぬのを待つてる」姿が、「彼」自身と重ね合わせられ、精神病院で見聞きしたことを記事にした中山は、「精神病者」として「彼」の写真を載せている。

絞首刑という東京裁判の判決も、捨てられて死を待っている軍鶏も、法廷から疎外された「精神病者」も、「彼」に執拗に付きまとっているのである。そもそも、戦時中を語らない「彼」には、落ち着いていられる場が与えられていなかった(間借りの家から追い出されるかもしれない不安が繰り返し描かれている）し、「黄色いフィルタア」のかかった目（「彼」の黄疸と、中山のカメラ）で世の中を眺めていた彼らにとって、唯一重みのある言葉は判決の宣告だけであった。

このように読んでいくと、「車体の速度が引きおこす突風が、その瞬間彼の顔にはげしくぶつかつた。その風は、鉄の匂ひがした。彼はすこしよろめいた」という最後の場面は意味深長に映る。大川周明にすれ違った際に「冷たい風のやうなものが、彼に触れた」とあり、東京裁判の中継から被告としての感覚を呼び覚ました際には戦争と暴力の記憶が「兇暴な嵐」と表現されていた。このことを合わせて考えた際、「鉄の匂ひ」のする「突風」は、「彼」の過去を召喚させ、判決を下そうとする何か、という象徴的な読みを誘うのである。

推理小説としての久生十蘭「蝶の絵」

同年に発表された久生十蘭（ひさおじゅうらん）「蝶の絵」（『週刊朝日別冊　記録文学特集号』一九四九年九月）は、「終戦から四年となると、復員祝いなるものも冬至の菊でデモードの感じだつたが、山川花世の帰還ぶりがいささか風変りだつたので、そのせいかして思つたより顔がそろつた」という文章に始まる。一九四九年という時期に「復員祝い」をすることにすでに時差が感じられ、なぜ山川が遅れて現れたのか、戦時中に彼は何をしていたのか、という好奇心を誘発するのである。

山川を待っている間に交わされた次の会話は、小説のタイトルともかかわる重要な場面である。

「いまのハバネラで思いだしたが、バタヴィアの戦犯裁判にかけられた中に、比島の若い娘たちにたいへんな人気があって、〈マリポサ〉という愛称で呼ばれていた日本人がいた。マニラのパウロ大学の八百人の非戦闘員虐殺、ラグナのカランパノの幼児虐殺、それからパタネスのバスコで市民を梁に吊してガソリンを掛けて焼いた残虐事件……そのどれかに干与して居べきはずなのに、何度も法廷へひきだされるんだが、ドタン場へ行くと、五人も十人も若い娘の証人が出て、反証をあげて無罪にしてしまう〔後略〕」

フィリピンの戦犯容疑者のなかにいて、様々な残虐行為に関与した疑いがあるにもかかわらず、「無罪」とされた男、「マリポサ」は誰か。この謎が加わることで、推理小説の条件が整ったわけである。そしてここから読者は、「復員祝い」に来ている登場人物とともに、山川の六年間の真相を探ることになるのだ。

復員兵の謎

戦争に行く前の姿と少しも変わらぬ姿で戻ってきた山川を不思議に思う一人、伊沢は、「東京裁判が最終論告の段階に入り、横浜裁判と平行して俘虜部門の弁論がはじまった頃、厚木の早朝ゴルフの帰り、思いついて山川のところへ寄る」。明らかに戦争裁判に結びつく存在として山川が連想されているのである。

しかし、訪問してみると、山川の様子がおかしい。庭の花をすべて抜かせ、何度も手を洗ってはむやみに洗濯をする。酒にも浸っている様子だ。伊沢は、山川の異常な行動を「なにか罪感があつて、罪の穢れを洗い潔めたいという願望の無意識のあらわれ」として、「精神分析」を行い、「戦争神経症」と診断する。この種の、山川に対する周りの人々の観察や疑いは、六年ぶりに戦場から帰ってきた復員兵に対して行われている、私的な戦争裁判のようにも見受けられる。

もっと不気味なのは、山川が長阪という男から預かるオランウータンである。長阪は、司政長官の秘書としてスマトラへ行き、戦犯として絞首刑にされた人物である。

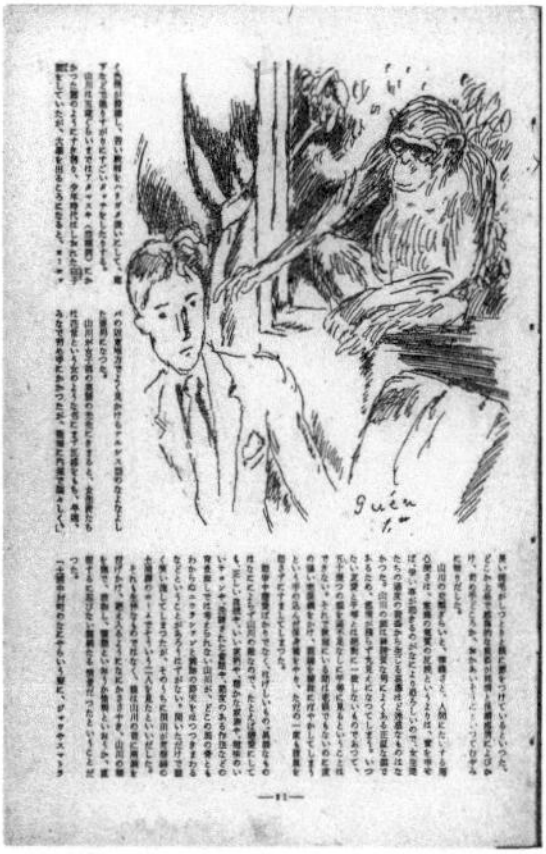

このオランウータンは、「長阪の真似」をし、「縄ッきれを首に巻きつけ、牡丹の花のような赤い口を喇叭式にあけてクゥと鳴いてみせた」り、「そばに垂れているカアテンの紐を首に巻きつけると、踊るような恰好でヒョイヒョイと飛びあがつた」りする。山川は、オランウータンの行動が、占領地で長阪が行った原住民に対する残虐行為の真似だというが、同時に、それは絞首刑が執行される場面を喚起する。

図4　久生十蘭「蝶の絵」

長阪が例の「マリポサ」なのか、という推理を誘いつつ、今度は、山川がフィリピンの若い女性と一緒にいるところを見かけたという噂が流れる。後に、彼女は、ゲリラを指揮した嫌疑で家族すべてを憲兵に虐殺され、一人生き残ったリーナという女性であり、山川の恋人であったことが浮き彫りになる。まもなく、彼女は病死し、オランウータンを銃で殺した山川は、自分も省線から落ちて自殺する。いったい何があったのだろうか。

山川が自殺の前に伊沢に渡した手紙によって、これまでの真相が明かされる。山川は、フィリピンで親比島派を演じながら知識階級や上流の人々に接近し、ゲリラを探し出し、データを集めては憲兵隊に渡すという「特殊勤務」を行っていた。その行為によって、リーナの家族を含む多くの人々が虐殺されたのである。しかし、長阪が戦争裁判で絞首刑になったのに対し、山川は、経歴を伏せて戦犯の追及から逃れられ、日本に戻ってきた。「マリポサ」は山川だったのだ。これで犯人捜しは終結し、山川の恐怖も自ら死刑を執行したことで終幕を迎えたといえよう。

BC級裁判は、一九四五年一〇月八日にアメリカ陸軍によるマニラ法廷に始まったが、そこで「マレーの虎」と呼ばれた山下奉文（やましたともゆき）が「マニラの大虐殺」の責任者として絞首刑を宣告された。この裁判を知っていた同時代の読者なら、まだ裁かれていない罪もあるだろうという小説の暴露を見抜いたはずだ。裁かれなかった罪に対して、物語が裁きを下す。本書第二章から本格的に読んでいく再審的性格をもつ文学の原型がここに現れたとみてよい。

林芙美子と「浮雲」による応答

戦後の女性たちは、責任の主体となって過去を振り返り、物語のなかで判決を引き受けることができたのだろうか。宮本百合子に厳しく批判されながらも、戦争に協力した過去を自覚し、新たに出発することを期待されていた林芙美子(はやしふみこ)は、戦後を代表する作品、「浮雲」(『風雪』一九四九年一一月—一九五〇年八月、『文学界』一九五〇年九月—一九五一年四月)を執筆している。「浮雲」には、戦争裁判のラジオが二回流れる。一回目の回想として小説の終盤に現れる、二回目の方を引用しよう。

その、小さいラジオを眼にとめて、富岡が、ダンス曲でも聴かせてくれと云つたが、ゆき子は、わざとダイヤルを戦争裁判の方へまはしたものだ。二世の発音で、

「貴下、その時、どうお考へでしたか?」

といつた丁寧な言葉つきが、ラジオから流れると、富岡は、そんなラジオは胸が痛いから、アメリカのジャズでも、聴かしてくれとせがんだ。ゆき子は、むかつとして云つた。

「私や貴方もふくまれてゐるのよ、この裁判にはね。——私だつて、こんな裁判なンて聞きたくないけど、でも、現実に裁判されてゐる人達があるンだと思ふと、私、戦争つてもの〻生態を、聴いておきたい気がするのよ」

「浮雲」は、戦時中の占領地(仏印——フランス領インドシナ)から戦後の日本へ、と異なる時空間を織り交ぜながら、富岡とゆき子の腐れ縁というべき恋愛関係を描いている。仏印の描写には、一九

四二年に従軍報道班員として仏印・蘭印（オランダ領インドシナ）に派遣された林芙美子が見聞きしたものが反映されている。この恋愛小説が問題になるのは、ロマンスの舞台が帝国日本の占領地であったためである。二人の男女が仏印を舞台にロマンスを演じることができたのは、帝国日本が仏印に「進出」したという出来事なしにはあり得なかったからだ、と言い換えてもよい。

したがって、右の引用で流れる戦争裁判のラジオと、それに対する富岡とゆき子の反応が対照的であることは、小説のテーマを考えるうえできわめて重要である。ラジオを聞きたがらない富岡と、この裁判に「私や貴方もふくまれてゐる」と自覚しているゆき子とは、過去に対する認識も、戦後における生き方の選択も全く異なる方向を見せるのだ。

小説の最後に富岡が「南」へ、「南」へと進もうとし、敗戦した日本の南の果てとして、屋久島にたどり着く旅程には、明らかに帝国を復活させたい欲望が潜んでいる。

照国丸は、まるで仏印通ひの船のやうだつた。さうした、錯覚で、富岡は、今朝、このまゝゆき子と此船へ乗れたなら、どんなにか愉しい船旅だつたらうと思へた。だが、この快適な船は、屋久島までの航路で、それ以上は、今度の戦争で境界をきめられてしまつてゐるのだ。此船は、屋久島から向うへは、一歩も出て行けない。南国の、あの黄いろい海へ向つて、この船は航路を持つてはゐないのだ。

戦後において過去を回想する力学が、帝国へのノスタルジアとして現れている。これと対照的なゆき子の最後は、日本の南の果てにおける死であった。

二人とも、一種の刑罰を受けて、こゝに投げ捨てられたような気がして、ゆき子は、こゝで自分は死んでしまふのではないかといつた予感がした。死ぬのなら、一思ひに死にたかつた。

自らの「死」を「刑罰」と受け止めているゆき子に対して、「もう一度、我々を誕生させて下さい」と「神仏に祈つた」富岡の反応も象徴的といわざるを得ない。つまり、戦後、文学上の戦争犯罪人として厳しく批判されていた林芙美子は、「浮雲」で造形したゆき子に、戦争裁判と無関係ではいられない自覚を与え、過去を振り返らせたのち、最終的に死という判決を下していたのだ。帝国日本の復活を夢見る男と、何らかの形で責任を引き受ける女の対比が意図的であったことは明らかであろう。

このように、同時代において作家たちは、戦争裁判において被告席に立たされるような当事者ではなかったが、出来事の傍観者になることも許されていなかった。作家たちが戦時中に書いた作品によって審判されていたこと、東京裁判とともに文学者としての戦争責任が考えられていたことは、忘れてはならない。林芙美子が苦悩のなかで、物語の主人公であるゆき子に、物語内において下した死は、戦争裁判への一つの答えだったのだ。

第2章

BC級裁判が突きつけたもの
(1950年代)

戦犯受刑者助命嘆願署名運動(1952年6月).

世界各地で開かれたBC級裁判では、戦争の法規または慣例の違反、すなわち「通例の戦争犯罪」(主に謀殺、集団殺害、組織的テロ行為、一般民衆の拷問、強姦、非人道的状態下の一般民衆抑留、略奪、財産の没収、捕虜の虐待など)が問われた。一九四五年一〇月にマニラ法廷(山下裁判)に始まり、一九五一年四月のオーストラリアのマヌス島の裁判にて終了している。

第一章で見てきた通り、同時代の人々の関心を集めたのは、東条英機をはじめ、国家の指導者たちが裁かれた東京裁判の方であった。だが、一九五〇年代になると、状況は大きく変わる。BC級戦犯たちの手記が大量に出版され、それにもとづいた文学作品、映画、テレビドラマが次々と現れる。

このような状況を可能にした決定的な出来事が、一九五一年に調印され、五二年に発効されたサンフランシスコ講和条約であったことはいうまでもない。占領が終わったことで、連合国によって裁かれた裁判と戦犯たちをめぐる本格的な議論が始まったのである。

また、この時期を語るうえで欠かせない文脈は、一九五〇年六月に勃発した朝鮮戦争に続き、八月に警察予備隊令が公布され、五二年に破壊活動防止法、保安庁法が公布され、五四年に自衛隊が発足されるにいたった、再軍備の流れである。

朝鮮戦争の特需で飛躍的な経済成長を遂げた日本を象徴する「もはや戦後ではない」という有名な言葉が経済白書に出現するのは、五六年のことだ。このような時代に、作家たちは、BC級裁判から何を見いだしていたのだろうか。

1 スガモプリズンの群像——火野葦平『戦争犯罪人』と安部公房「壁あつき部屋」

火野葦平『戦争犯罪人』が描くBC級戦犯

最初に取り上げるのは、スガモプリズンを舞台にした火野葦平（ひのあしへい）の小説『戦争犯罪人』である。

スガモプリズンは、一九四五年一一月に米軍が東京拘置所を接収して開設し、戦争犯罪人を収容した刑務所である。当初は米軍が管理していたが、講和条約の発効によって日本政府に移管され、名称も巣鴨刑務所に変わった。一九五八年一二月には全戦犯が釈放され、巣鴨刑務所も閉鎖される［内海、二〇一二］。混同を避けるために、ここでは「スガモプリズン」に表記を統一する。

第一部（『文芸』一九五三年一一月）と第二部（『文芸』一九五四年四月―八月）から構成されている小説は、講和条約の前後で大きく変化するスガモプリズンを素描している。第一部では、いつ死刑が執行されるか分からない不安のなかで日々を送っている死刑囚たちの姿がクローズアップされる。

視点人物は、死刑囚の一人である貞村洋一だ。彼は、スガモプリズンに入所した一九四八(昭和二三)年頃を振り返る。ちょうど東京裁判の判決が出たこの年に、「支配階級であり、戦争挑発者、いはば命令をくだす立場にあつて、戦争犯罪をおかさしめる原動力になつたといへるA級戦犯」に対して、BC級戦犯たちがもっていた感情が次のように回想されている。

ものものしく極東軍事裁判は開廷されて、世界注視のもとに審理がすすめられてゐた。そして、やがて判決のくだされる段階が近づきつつあつた。BC級の死刑囚たちもキーナン検事とはまつたく別の立場から、A級戦犯を裁く気持を持ち、東京裁判の法廷よりも先に、A級戦犯に絞首刑の判決をくだしてゐる者もあつた。といつても、これもまた、BC級の人々のなかにさまざまの意見がわかれ、自己とのつながりや国家との関係、天皇や地球全体の問題までもとり入れて、論議は一様でなかつた。

東京裁判より早く、BC級戦犯がA級戦犯に判決を下していたという表現は、興味深い。BC級戦犯を戦争へ導いたのがA級戦犯であったことを考えれば、確かに彼らにその権利があってよさそうである。その意味で、BC級戦犯たちが連合国に先立ってA級戦犯に下した「絞首刑の判決」は、象徴的な審判といえる。さらにいえば、BC級戦犯たちだけに焦点を合わせている『戦争犯罪人』という小説自体、これまで注目されてこなかった彼らに発言権を与え、フィクショナルな再審の場を用意していると捉えられるのである。

だが、引用の「といつても」から始まる文章にも注意せねばならない。年齢や性格、階級、地位、罪状など「一様」ではない彼らを、「BC級の人々」と一括りにすることはできない。A級戦犯への考え方だけではなく、様々な主題をめぐって戦犯たちの意見は対立しており、一人ひとりの差異とそれゆえの葛藤こそ小説の主題になっているからだ。

BC級裁判をめぐる問い

貞村をはじめ、小説に登場するBC級戦犯たちは、「内地」のみならず、世界各地において、異なる罪状によって判決を受けた人々である。そのため、戦争経験も戦争裁判の受け止め方も人によって異なるが、いかにして戦犯になったのかを述懐する彼らには、共通するところが見受けられる。BC級裁判の正当性と公正さに対して疑問をもっている点がそうである。

貞村は、福岡空襲で母と妹を失った恨みから、B29の搭乗員を「処分」する際に志願し、四人を殺したことによって、横浜裁判で絞首刑の判決を受けた。

「米軍飛行士を死刑に決定したのは西部軍の首脳部ではないか。自分はただ実行者であつたにすぎない。家と母と妹とを焼かれた悲しさが忘れられず、志願はしたけれども、自分が単独で捕虜を斬つたわけではない。さすれば責任は首脳部が負ふべきだ」

そんな反撥が頭をもたげる。けれども、自分の手で四人を斬つたといふ厳たる事実は、さういふ責任の所在の転嫁や、法律論では消えさることが出来なかつた。それはまつたく人間そのものの恐しい陥穽といつてよかつた。

この引用は、ＢＣ級裁判を考えるうえで、極めて重要な問題を含んでいる。捕虜虐殺は、紛れもない「通例の戦争犯罪」である。だが、上官の命令が絶対的であった軍の組織にいながら、果たして命令を拒むことができたのだろうか。その場合、命令を実行した者に責任を追及することができるのだろうか。

「家と母と妹とを焼かれた悲しさ」という動機にも注目せねばならない。空襲の被害者である貞村が加害者に対してもった復讐心が捕虜虐殺に「志願」した理由であった。戦犯は、戦争の加害者性を凝縮したような存在である。そういう彼らすら、戦争の被害者であったことは、さらなる問いを導く。一人の人間が加害者であると同時に被害者である場合、その罪をどう考えればよいのか。

戦争裁判の思想的課題であるこれらの問題は、火野葦平の『戦争犯罪人』に限らず、ＢＣ級裁判を取り上げた作品にしばしば見られ、多くの場合、裁判の不当さを強調し、戦犯に免罪符を与える根拠として使われる。

だが、良心的で、知的な人物として設定されている貞村は、この二つの要素を、自分の無罪を主張するために用いたりはしない。組織の末端にすぎなかった自分の責任を完全に否定しようとも、被害者としての側面を強調することで復讐を正当化しようともしない。命令による行動とはいえ、捕虜虐殺に志願したのは自分であり、なにより「自分の手で四人を斬つたといふ厳たる事実」は、「責任の所在の転嫁や、法律論」では片づけられない、確かな加害の感触を残したからだ。

BC級戦犯を描くディレンマ

他の戦犯たちはどうだろうか。貞村と親しく、好意的に描かれる鶴岡信雄と森市太郎には、小説内にそれぞれ過去を回想する章が割り当てられている。

鶴岡は、戦争末期のフィリピンで起こった「徹底粛正討伐命令」という名の住民虐殺に反対していたという。可能なかぎり人々を助けようとしたにもかかわらず、実際に命令を出した上官やそれを実行した者の罪までかぶって絞首刑を宣告されたのだった。

森は、マーシャル群島の孤島であるゴドムにいた。彼は、捕虜に同情していたし、優しく接していたが、捕虜銃殺の任務が与えられ、実行せざるを得なかったという。絞首刑を宣告された森が語る過去は、ほとんど連合軍の捕虜収容所にいた時に彼自身が受けた虐待の経験である。

罪を犯していない者や、いやいや命令を実行した者が死刑囚にまでなったという話は、法的知識をほとんどもたない一般の人々の感覚からすれば、過酷な処罰に思えるだろうし、BC級裁判も不当なものに映るだろう。

しかし、同時に、小説は、命令を下した者とその命令よりも過剰に暴力を駆使した者を登場させる。例えば、鯉野老人は、上官として部下に罪をなすりつけて自分だけ生き延びようとした、醜悪な人物として描かれている。すべての責任を背負って部下を守ろうとした赤尾老人と対比をなしている。ちなみに、東海軍の軍司令官と設定されている赤尾老人は、岡田資（おかだたすく）という実在の人物をモデルにしており、彼は、本書第五章で扱う大岡昇平『ながい旅』の主人公でもある。

命令よりも過剰に、率先して残虐行為を行った人物は、フィリピンからスガモプリズンに移送された瀬尾勉である。瀬尾の罪まで背負わされた鶴岡は、彼を「兵隊としてもっとも悪質の方の典型的人物で、傲岸、狡猾、強欲、粗暴、エゴイズム」の象徴であると説明する。

つまり、BC級戦犯のなかには、戦犯に値する者もそうでない者もいたということになるだろうか。スガモプリズンの戦犯たちは、外の世界と同様に、色々な人々の集合体として捉えればよいのだろうか。群像劇としての性格をこのようにまとめる前に、小説『戦争犯罪人』の、文学としての特徴に注目しよう。

貞村、鶴岡、森のように善良な戦犯たちは、主要人物としてその内面が描かれるが、鯉野老人や瀬尾勉のように悪辣な戦犯たちは、主人公になることもその内面が可視化されることもほとんどない。そもそも自らの行動を主体として意識化し、反省的に振り返ることができない人物は、小説の視点人物に相応しくないといえるかもしれない。

しかし、重要なのは、良心的人物を中心に置く小説は、作家にとっても読者にとっても同情や感情移入がしやすい戦犯像を提示しているということだ。ここにBC級戦犯を描く文学がもつ、一つのディレンマがある。上官の命令に従わざるを得ない立場にいながら、自らの行為を反省的に振り返る人物に焦点を当てる文学が、戦犯を被害者として描いてしまい、BC級裁判を不当なものとして印象付けるというディレンマである。その一方で、加害者の内面は依然として明かされず、なぜ残虐行為が起こったのか、という問いに迫ることも難しくなる。

過去の回想と物語の形式がもつ危うさにも注意すべきである。戦犯によって語られる過去は、いうまでもなく、彼らの立場から再構成された物語であり、それゆえの偏りがある。しかし、意識的に読まない限り、彼らの物語をそのまま出来事の真相として捉えかねない。

例えば、森市太郎の回想に明らかであったように、加害の経験は仕方なかったこととして短く要約され、被害の経験は長く綴られる傾向がある。

第二部の中心人物として登場する結木栄吉も良い例である。シンガポールで戦争裁判を受けた元軍医少佐である結木は、「戦勝国民」のように振る舞っていた朝鮮人を不愉快に思っており、自分が戦犯になったのも金学用という朝鮮人に密告されたためだと信じ込んでいる。彼にとって戦争裁判は、「贋証人の証言がそのまま動かしがたい証拠として記録される」でたらめの「見世物興行」にすぎないが、彼の回想＝物語もまた「贋証人の証言」と区別できない主観的な語りでしかない。

このように登場人物によって語られる過去を鵜呑みにすることは、BC級裁判と戦犯に対する偏ったイメージを量産することになりかねないのである。

プリズン内外の変化と象徴的審判

講和条約が結ばれ、日本が独立さえすれば、戦犯はすべて釈放されるだろうという期待で第一部は終わるが、第二部は、講和以降もなお続いている収監生活が描かれている。講和条約に第一一条が加えられることで、戦争裁判の結果と戦争犯罪人の管理を日本が受け継ぐ形になったのである。講和による全面的釈放は叶わなかったものの、第一部を支配していた緊張感は、絞首刑からの減刑が確実になった時点で緩和される。また、日本に移管されてから戦犯たちは、外で就職することが許され、外出も自由にできるようになる。戦犯たちの生活は「アパートへ帰つて来るのと異らなかつた」と語られるほどである。だが、貞村はその変化を「これまで人間鍛錬の道場であつた神聖な牢獄は、がらんとした空虚の洞窟に変つた」と否定的に捉えている。

変わったのは監獄の風景だけではない。貞村と鶴岡の眼には、銀座のキャバレで出くわした保安隊が「ぞつとするやうな武装集団」に映る。「陸軍、海軍、空軍といふ形」を整え、「部下を絞首台に送つた部隊長」を指導者にしている保安隊は、「戦犯製造準備集団」にしか見えないのである。いまだ戦時中であり続ける戦犯にとって、再軍備ほど矛盾に満ちた事態はなかったはずである。

戦犯に対する人々の認識も大きく変わっていた。戦犯を負の遺産として敬遠していた人々は、いまや「あなたがた」と特別扱いし、時には露骨に英雄視さえする。家族を含む、故郷の人々は、「一時出所」で故郷に帰って来た貞村を「凱旋将軍」もしくは、「国民的英雄」のように迎える。貞村は、「日の丸の旗と万歳で送られた」「出征のとき」と「また同じ光景」に立たされたのである。

貞村は、戦犯を「戦争の犠牲者、愛国者、英雄」と祭り上げることと、反共をスローガンに掲げる安全保障と再軍備の流れが地続きであることを認識している。戦犯を崇めることは、過去の戦争を忘却してはじめて可能なことであり、忘却は、同じことを繰り返す条件である。貞村が「周囲の歓迎ぶりは一種暴力的であつた」と述べ、それが「拷問のやうにも思はれた」と苦々しく表現したゆえんである。

こうして監獄の外が「もはや戦後ではない」どころか、戦時中と何ら変わらないことに気づいて絶望する貞村は、脱獄した森の自殺を知らせる電報を受け取る。それから宴会の場を出て夜更けの街をさまよう貞村は、いつのまにか、B29の搭乗員四名を斬首したところにたどり着く。小説のクライマックスを次に引用しよう。

> 四人のアメリカ兵の亡霊が自分を呼んでゐる気がした。〔中略〕その彼等を地上から消滅させたのは自分だ。戦争でもなく、命令でもなく、この手だ。貞村洋一は自分が絞首刑に値する人間だといふことをはつきりと感じた。
>
> 柳の梢を見あげた。子供がブランコでもして遊んだのか、一本の綱がぶら下がつてゐる。そ

れには滑車がついてゐるやうに見えた。足の下には十三階段があるやうな気がした。

貞村はその綱をにぎつた。夜露にぬれてゐて冷たかつた。

「おれは人殺しだ」

呻きのやうに、その声がひとりでに咽喉の奥から出た。


最後に貞村がすがりつくのは、「四人のアメリカ兵」を殺した「この手」の感覚である。その感覚に頼って、すでに絞首刑を逃れた彼は、自分自身に刑を執行しようとするのである。小説の終幕において戦争の暴力を刻印し、それを繰り返してはならないというメッセージを、強烈な形で戦後社会に伝えるためには、貞村自身の象徴的審判が不可欠であったのだ。

結局、警官によって自殺は頓挫するが、留置場に投げ込まれた貞村は「なにかほっとした気持」になる。貞村は、もう一度戦争が可能な国家を作ろうとする同時代の社会に戻るより、過去の戦争に向き合うことのできるプリズンのなかにいて安心感を得たのである。

『戦争犯罪人』と「壁あつき部屋」の共通点

同時期に、同じくスガモプリズンを舞台にした安部公房(あべこうぼう)脚色の「壁あつき部屋」が映画化される（小林正樹監督、新鋭プロ製作、松竹配給）。火野葦平の小説『戦争犯罪人』に続けて安部公房のシナリオ「壁あつき部屋」を読むと、両作が時空間を共有しているだけに、共通点と相違点が明確に見えてくる。

まず、共通点として、スガモプリズンという空間の特異性に注目している点が挙げられる。「壁あつき部屋」の冒頭は、「この日本の過去を葬った墓にも等しい厚い壁の中」とスガモプリズンを表現しており、そこに「八年の間生埋め」にされている者として戦犯の存在を捉えている。「日本の過去」を象徴するものとして戦犯たちをスガモプリズンの内に葬っておき、壁で分断させることによって、外は、戦争を忘却することができる。したがって、戦争と暴力の記憶が封印されているこの空間を物語の舞台にすることは、「戦後」という時代の感覚を揺さぶることでもあったのだ。

次の共通点は、両作ともA級戦犯ではなく、BC級戦犯に注目し、複数の戦犯たちを群像劇の形で描いているという点である。「壁あつき部屋」の主な登場人物は、同じ監房にいる山下、横田、木村、川西、西村、許である。このようにBC級戦犯たちには名前が与えられているが、A級戦犯は、「A級戦犯」とだけ集合的に捉えられている。文学の設定において、有名であったA級戦犯と無名に等しかったBC級戦犯とを逆転させているわけだ。

軍隊での職位、階級、年齢、性格など様々なタイプの人々が描かれるなか、とりわけ反省的で良心的な人物が焦点化されている点も類似している。「壁あつき部屋」のなかで過去を語っているのは、上官の命令によって暴力を行ったものの、その罪意識に悩まされている人々である。

山下は、浜田という上官の命令で罪のない原住民を殺し、戦場で通訳を務めていた横田は、上官の命令によって捕虜に暴力を振るったと設定されている。二人とも上官の命令を惨たらしく思ったが、命令である以上実行を拒否することができず、そのために戦犯となったのである。細かい設定は異なるものの、ここでも文学が造形する人物が書き手にも読み手にも同情しやすい人物であることが確認できる。この人物造形が、命令に従わざるを得なかった下級の兵士たちは本当の戦犯なのか、という問いに導いているのも両作に共通する点である。

ちなみに、スガモプリズンで直接戦犯をインタビューした安部公房は、「「壁あつき部屋」について」(『希望 L'ESPOIR』一九五四年一月)というエッセイのなかで「本当の戦犯は、すり抜けてしまっている」という認識を示し、「国民自身」による「本当の戦犯」探しを要請している。安部がBC級戦犯をどのように考えていたのかをよく示す言葉である。

最後の共通点は、両作品の終わり方である。『戦争犯罪人』は留置場で安心する貞村を、「壁あつき部屋」はスガモプリズンに戻ってくる山下を描いて幕を閉じている。BC級裁判を描いたこれらの作品は、戦争裁判に様々な疑問を提示しながらも、過去の罪を振り返るスガモプリズンを否定しようとはせず、むしろその空間にこそ可能性を見いだしていたのだ。

被害者の顔と植民地問題

両作の差異についても検討しよう。『戦争犯罪人』には、タイトル通り、戦犯一人ひとりの物語が紡ぎ出されている一方で、裁判で問われた残虐行為そのものはほとんど描かれていない。被害者の顔もぼやかされていた。

この点、「壁あつき部屋」は異なる。主役の山下が振り返る「南方のジャングル」には、原住民を殺す場面が鮮明に刻印されている。残虐行為を具体的に再現すべきかどうかは、表現者にとって悩ましい選択であったにちがいない。だが、それを描き出してはじめて、生身の人間を殺害したという事実と感覚とが、読者にも、観客にも伝わる。その場面の再現を命ずる安部公房のシナリオは、原住民の眼にフォーカスが当てられるよう指示しており、観客にも残虐行為の被害者から目を離さないよう命令しているのだ。

浜田という上官に悪役を一任させ、山下を同情的に描きながらも、注意深く山下が加害者であることを忘れないよう仕向ける演出も見逃すべきではない。山下の母が亡くなる悲劇的場面においてさえ、シナリオは、被害者である原住民の老婆を蘇らせているのである。

「壁あつき部屋」が描くBC級戦犯のなかに許という朝鮮人がいることも特記すべきだろう。小説『戦争犯罪人』でほとんど声のない存在であった台湾人、朝鮮人とは対照的である。

朝鮮人の登場人物に声をもたせることで、「壁あつき部屋」は、監獄の外で進行している朝鮮戦争が、帝国日本の植民地支配に起因したものであることを可視化する。そもそも朝鮮人がなぜ戦犯になったのか、が詳細に分かるほど、登場人物として許の比重が大きいわけではないが、次のような場面は目を引く。

許「私は運転手たつたてす、徴用てね。戦争中、俘虜を使つた建設工事の運転手をしてました。たつたそれたけの理由て、私は戦犯になつた、何のことか分らない、私は朝鮮人たから、私に罪をなすりつければいゝと思つて誰かゝウソの密告をしたらしい。戦争中は半島人も大和民族の兄弟たなんて云つて……」

小説『戦争犯罪人』において、罪のない日本人(結木)を密告したとされ、それに抗弁する機会も与えられていなかった朝鮮人と比較した際に、許は、拙い日本語でも自らの経験を語る資格をもっている。しかも、「壁あつき部屋」では、朝鮮人の方を、無実であるにもかかわらず、朝鮮人であるが故に密告された被害者として設定しているのである。朝鮮人戦犯の存在については、本書第三章で小田実「折れた剣」を扱う際に詳細に検討しよう。

結局、安部公房の「壁あつき部屋」は、プリズンの中と外とを断絶させ、過去と現在とを断絶させるべく立てられた「壁」を、戦争の記憶が常にフラッシュバックするトラウマの場として創りなおした。その「壁」に、直視すべき被害者の姿と帝国日本の植民地支配といった加害性を刻印することで、現在を捉えなおす通路としての役割を担わせたのである。

しかし、一九五三年に一度完成したこの映画はお蔵入りとなり、一九五六年になってようやく公開される。映画が公開されるまでの事情、改変やそれによって失われた批評性を論じた鳥羽耕史は、本来、「朝鮮戦争と国内の再軍備、共産党の武力闘争に継続する」問題を扱った映画が公開の延期によって過去を振り返る映画になってしまったことを指摘した。だが、そのような制約がありながらも、他の「戦犯映画」にない「アジアへの視線」を有するこの映画を高く評価した[鳥羽、二〇〇七]。戦争裁判を描くにあたって、他者の存在をどこまで意識したのか、ということは、本書においてこの後も問われていくことになる。

2　BC級裁判と女性たち——大原富枝「巣鴨の恋人」と樋口茂子『非情の庭』

戦犯と女性たちの対比

BC級裁判を取り上げた作品のなかで女性たちはどのように登場するのだろうか。監獄に収監されているBC級戦犯と外の女性との恋愛は、文学の題材として度々用いられる。その際、戦中から戦後へと大きな変貌を遂げた女性が、過去に時間が留まっている戦犯と対照的な存在として描かれることが多い。

火野葦平『戦争犯罪人』では、戦争未亡人がアメリカ兵の恋人を裏切った話や、戦犯になったことで妻と離婚した話、反対に戦犯との結婚を望む女性の逸話などが挿入されている。安部公房「壁あつき部屋」には、横田が戦時中に出会った女性(ヨシ子)を「ガラスのような」「汚れがつかない」

存在として理想化する場面が描かれている。だが、弟を通して、横田にとって唯一の希望であった彼女が今や「特飲街」のバーで働いていることが判明する。女性の娼婦性をもって占領下の現実を表すという典型的な表象といえよう。いずれにせよ、二つの作品とも女性を断片的にしか描かなかったが、ここで取り上げる小説は、BC級戦犯と女性の関係に重点を置いたものである。

大原富枝「巣鴨の恋人」

大原富枝（おおはらとみえ）の「巣鴨の恋人」（『別冊小説新潮』一九五四年七月）は、スガモプリズンに収監されている瀬田が、九年ぶりに、かつて恋人であったすが子と再会する場面から始まる。瀬田は、すが子の変わりように唖然とし、「彼女に逢ふために、あらゆる手段をつくした自分の努力を、殆ど憎みさうになるほど哀しかつた」という。すが子の変化を捉える瀬田の言葉を次に引用しよう。

生活で苦労して老けた女のそれとも、心労や病気で老けた女のそれともちがふ、やはりいふならば、若い日をあのやうな職業で酷使した女の肉体が、当然負はなくてはならない刑罰のやうに、ある年齢にまで到達したときに、逃れやうなく襲ひかかつてくる種類の老け方といふほかはないだらうか！

後に、すが子が「将校たち専用の慰安所」にいたと説明されることで、彼女を眺める瀬田の視線に内包された暴力性が、さらに露呈されることになる。元「慰安婦」であった彼女の現在を、「当然負はなくてはならない刑罰のやう」だと形容することは、加害者と被害者とを逆転させ、被害者の女性に「刑罰」を与えることにほかならないからだ。

　このような再会の場面に始まり、小説は、瀬田の戦場での経験、戦争裁判の様子、戦犯になるまでの一連の物語を展開する。

巣鴨の戀人

大原富枝
阪口茂雄畫

一

　面會室の三重に張られた金網ごしに、すが子を眺めた一瞬、瀬田は心にアッと想つた。これがすが子なのか！

　すが子は初め金網の向うの、狭く仕切られた桝の中の椅子にかけてゐたらしかつたが、瀬田がはいつてゆくと同時に立上つた。

　二人とも無言でゐた。瀬田は色の褪せた菜つ葉色のプリズナー服をきてゐた。ズボンにはイニシャルのPの文字が大きくついてゐたし、手首には冷く手錠がかかつてゐた。

　すが子はそのやうな瀬田をまじまじと見つめたまま、口を微かに喘ぐやうに開いてゐた。

「シャッダウン、シャッダウン――」

　立會のMPが、大きな手でおしつけるやうな恰好をして見せると、すが子は呆然と突立つたそのままの姿勢で、怯えたやうに微かに頬を動かせて、ガタンと尻餅つくやうに狭い木椅子に腰を下した。

　瀬田は女の憔いた姿よりも、彼女の瞳りやうに呻くやうなおどろきを堪へてゐた。立會のMPの存在も、ここが巣鴨プリズンの中であることも、この一瞬は忘れてゐた。


―229―

図5　大原富枝「巣鴨の恋人」

　瀬田がすが子に出会ったのは、一九四二(昭和一七)年にインドネシア・マカッサルの軍政部に勤務していた頃であったとされる。戦争末期にすが子を先に日本に帰らせた瀬田は、B29搭乗員の二人を切り殺したことで、戦争裁判で重労働三〇年の判決を受ける。彼は、毎日のように米軍の無差別爆撃が続くなか、地上砲火によって撃ち落とされた一機から落下傘で下りてきた捕虜への殺意を表し、捕虜虐殺の実行を引き受けたのであった。だが、いざ実行を迫られた時、瀬田は「不快」に襲われる。家族とすが子の存在が、捕虜たちを自分と同じ人間として認識させる契機になったためである。

　しかし、結局、捕虜虐殺は実行された。瀬田を訪れた法務官は、裁判にかけないで捕虜を虐殺したことが「戦争法規違反」だと述べ、「無法な司令部」を批判する。だが、瀬田は、「戦争そのものが無法」であり、「獣のゐる」戦場において法務官も無用だと答える。瀬田が「司令部からの命令でぼくは切つたんです。上官の命令は直ちに天皇の命令と心得よ、ぢやアないんですか!」と軍人勅諭を引用しながら自らを弁護した後、地の文は、「天皇はあまりにも遠く、彼はその人を全然知らない」(傍点原文)と続く。思考停止と責任回避のために用いられた論理が、実感を伴わないものであることに瀬田は気づいているのである。瀬田の実感はむしろ、戦争が終わり、戦争裁判で死刑を免れた後も「あの若い搭乗員を二人まで切つた自分の罪が、やはり「死」に値する罪であることを」「魂に刻んだ」という言葉に表れている。

戦争裁判観と女性表象

このように捕虜虐殺には罪意識をもつが、戦場の規範としての法は無用であると考える瀬田は、それにもとづいて行われた戦争裁判をどのように受け止めたのだろうか。

「被告の行つた残虐な行為は、国際法規違反、戦争法規違反である。重要なことは被告がこれを意識的に遂行してゐることだ。このやうな野バン残忍な犯罪者はよろしく地球上から抹殺すべきである。よつて死刑を求める」

論告を聴きながら、やはり死刑だな、と瀬田は思つた。

自分が死刑になることは当然だらう、しかし意味はない、無意味なことだと信じてはゐた。戦争そのものがあのやうに尨大な「悪」なのに、それ自体を裁くものはこの地上になに一つないのだ。（傍点原文）

戦争法規にも、それにもとづいた戦争裁判にも懐疑的な瀬田は、戦争という「悪」を裁くことができない限り、戦争によって行われた残虐行為を追及し、戦犯を処罰することに意味がないと述べている。だが、問わなければならないのは、法を否定した先のことであろう。他にどのような規範が、戦争の暴力を止められるのだろうか。瀬田が用いていた軍人勅諭では、不法な上官の命令を拒否することができなかったわけだ。

戦争そのものが悪という考え方は、これまでの作品でも度々現れていたし、もっともらしく聞こえる。だが、突き詰めて考えれば、戦争そのものを防がなければならないということと、戦時中の残虐行為を取り締まる規範が必要だということは、何ら矛盾することではない。瀬田の懐疑論にのっとると、戦争になってしまった以上、すべての暴力は仕方なかったこととして正当化されかねない。

しかし、小説「巣鴨の恋人」は、そもそも瀬田がなぜ捕虜に殺意を感じたのか、いざ実行しようとした際に不快を感じたにもかかわらず、なぜそこで立ち止まらなかったのか、国際法を無用だと述べながらなぜその代わりになる、暴力を防ぐ規範を示さなかったのか、といったことを問うていない。

そして瀬田が自身の戦争体験を総括できず、様々な問題を宙づりにしていることと対応するかのように、女性たちとの関係もうやむやのまま、小説は結論のない結末を迎える。中盤から新たに登場した貝島康代とすが子との間で三角関係が形成されるが、瀬田はどのような選択もできない。

貝島は、講和条約後にスガモプリズンが日本に移管されてから慰問に来ていた女性であり、「娘らしく清潔で愛らしかつた」と描写される。戦場を共に経験したすが子が過去を象徴し、戦後を生きる貝島が未来を表す存在であることが分かりやすい対比をなしているのである。この三角関係にけじめをつけるべく、瀬田は、貝島に結婚を申し込み、すが子に別れを告げようとするが、思う通りにいかない。小説は、戦犯たちに新しい生活が始まったことだけを暗示し、三人の関係を放置した状態で終わるのである。戦争に関しても恋愛に関しても主体になり得ない男がクローズアップされるのみだ。

樋口茂子『非情の庭』と女性一人称

樋口茂子(ひぐちしげこ)『非情の庭』(三一書房、一九五七年)は、玉城窈子という銃後にいた女性の視点で書かれている。これまで戦場で起こった出来事を回想し、BC級裁判について語るのは、もっぱら男性たちであり、女性たちは、戦争裁判をめぐる物語の受信者でしかなかった。だが、『非情の庭』において女性は、物語を紡ぎ出す側に立つ。

復刊版（ミネルヴァ書房、二〇〇〇年）の第一部は、「戦争裁判」というタイトルが付いているが、戦争裁判を再現していく玉城は、戦争裁判を直接経験したわけでも、傍聴に行ったわけでもない。彼女は、戦犯になった知人の嘆願運動を進める過程で様々な人々と出会い、戦場で何があったのか、裁判がどのように行われたのかを聞き、理解していくのである。

だが、この小説を読む難点もまたこの女性一人称の語り手にある。彼女を通してしか戦争や戦争裁判を理解することができない読者にとって、彼女が語らない、与えない情報は、出来事を理解する際の制約になるからだ。

例えば、なぜ、一人の女性が戦犯の嘆願運動にのめり込んでいったのか、その動機を探ることすら容易ではない。玉城が自分とほぼ無関係であった戦争裁判に深くかかわるようになった切掛けは、偶然新聞記事から知人の名前を見つけたことである。兄の後輩であった都築という男性が、戦犯になって死刑を待っていることが分かり、玉城は、嘆願運動を思い付くのである。だが、玉城は、都築の印象や性格、考えについての記憶も薄かったといい、「輪郭の淡さ故に私の心にしめる部分は大きかった」と回想している。なぜ曖昧な記憶しかもたない都築を救おうと決心したのか、玉城自身も明確に認識していないようである。

ただし、都築を救うことが、「私」＝玉城にとって過去を取り戻す代理行為であることは、随所に暗示されている。玉城は、戦争によって失ったもの(外地で働いていた父親とその財産や、兄と姉の死など)をほとんど語らず、彼女自身とその家族の戦争体験に「心をとざした」うえで、都築の救命に全力で励むのである。

その際、都築への記憶に空白が多かったことはむしろ有効に作用したといえよう。都築が体現するのは、「青春を無理強いに死の色に塗りかえさせられた人達」であり、「戦争の犠牲者となった私の三人の肉親達」である。つまり、空白は、様々な象徴的意味によって充塡され、彼は、実在の人物というより、ほとんど幻想の人物として描かれていくのである。

そもそも、玉城は、都築が無罪かどうかですら確信できずに嘆願運動を始めたのであった。後になって玉城は、自分が想像した通り、「無実」であることを訴える都築の手紙をもらって歓喜し、「過去の甘美な夢」を味わい、「過去へもどる以外に行くべき道」は無いと感じ、「自からの運命の開拓の為にとざされた都築の命をひらかなければならない」と意気込むのである。

喪失した自らの過去を補償してくれるものとして、戦犯の救命を考えだしたことは疑いようがないが、彼女の過去がどのようなものであったのかを測りかねたまま、読者は、嘆願運動の詳細な記録を読むことになるのだ。

嘆願運動の記録がもつ意味と限界

いずれにせよ、嘆願運動の過程は、情報が限られた人々がBC級裁判をいかに理解していたのかを見るうえで興味深い。玉城は、フィリピンで「一般市民百五十名殺害の責任を問われた」古川中将が銃殺刑を受けた記事を読みながら、都築にその実行の責任が問われているだろうと推測する。「その命令の実行者としての罪を問われたにしかすぎない都築達」と述べる彼女は、実行者の罪をあまりにも軽々しく認識しており、殺害された「一般市民百五十名」に対して無関心である。

しかし、運動の進行にともなって、より多くの情報が得られるようになり、玉城の戦争犯罪に対する考え方にも微妙な変化が見え始める。都築が戦犯にされた理由である「インファンタ事件」の関係者は、「それを日本にのみいた方に理解して頂くのはまことに困難ではありますが」と断ったうえで、「やむを得ない」出来事として説明し、結局「真犯人」も「戦争犯罪」も「存在しない」と主張する。戦場を体験したというある意味特権的な立場から、その経験のない女性に一方的に語る構図である。だが、玉城は、次のような疑問を抱く。

しかしそれ等の残虐行為すべてが、戦争という特異な環境と軍国主義思想によるものとは考えられなかった。なかでも婦女子への暴行、食人行為は、いかなる事情の下でも絶対に許されてはならないことである。私は人間をそれほどあさましいものだとは考えたくなかった。慰安婦がいなかったからやむを得なかった、という言葉の中に、日本の男性の道徳的弱さ、更にそれを培ってきた日本の社会制度をまざまざと見るような気がした。

女性の観点から、暴力の正当化に対する鋭い批判が行われている。「巣鴨の恋人」で元「慰安婦」を眺めていた主人公(瀬田)とは真逆な視点がここにあるのだ。

このような批評性を有しつつ、小説は、日付とともに詳細な嘆願運動の記録を記していく。やがて玉城の献身的運動も実を結び、都築は、無事に日本に帰ってくる。嘆願運動に助力した様々な関係者がそうであったように、小説の読者も、予定調和的で安定した物語の結末として、二人が結ばれるだろうと予想したにちがいない。しかし、小説はそのような結末を示さず、二人にそれぞれの道を歩ませる。見慣れた物語からの逸脱は、読者を戸惑わせるかもしれないが、彼女が何度も強調していたように、この嘆願運動は、恋愛感情から始まったわけではなく、戦争で失われたものを取り戻す代理行為であったのである。さらに、都築を理想化する過程で形成しつつあった感情も、壊れやすいものとして、繰り返し二人の破綻を予兆するものであった。

同時代において、鶴見俊輔は、「行動の意味を新しく見出して、行動の記録として生活綴り方的方法を使っている」この作品を、「追体験能力」の高い人しか実現できない「記録文学」として評価した。また、玉城の嘆願運動から「国そのものを裁く立場」を見いだし、「最後まで裁き続ける精神」を評価した[鶴見、一九五九]。

確かに、銃後にいた若い女性が、戦場の残虐行為と戦争裁判の結果をただの情報として受け入れるのではなく、積極的にかかわろうとし、それを記録した作品は貴重である。だが、同時に、裁き続ける主体の、その積極的な再審の動機が不可視化されているため、成就したはずの結果を位置付けるのが難しいのも事実である。復刊版の副題でもある「無実の学徒戦犯」を救済したことが結局彼女にとって何を意味していたのだろうか。彼女が再審を通して何を得たのかという問いへの答えは残されたままだ。

3 捕虜問題とレイシズム——遠藤周作『海と毒薬』と大江健三郎「飼育」

遠藤周作『海と毒薬』が問いかけるもの

BC級裁判で問われた「通例の戦争犯罪」のなかで、とりわけ捕虜問題を扱った作品に遠藤周作(えんどうしゅうさく)の「海と毒薬」(『文学界』一九五七年六月、八月、一〇月)がある。

『海と毒薬』は、九州の大学付属病院で行われた米軍捕虜の生体解剖事件を取り上げているが、事件そのものを描いている部分はほんの一部にすぎない。どちらかというと、人々がどのように解剖に参加することになったのか、それまでの個々の生に焦点が当てられている。

個々の生といっても、解剖の責任者ではなく、二人の医学生、一人の看護婦といった普通の人々であり、実際の戦争裁判でも刑が軽かった人々である。つまり、この小説が問うているのは、戦時中どのようにして普通の人々が暴力的な出来事の参加者(傍観者も含まれるが)となったのか、という問題なのだ。

上田看護婦の話にしぼって検討しよう。上田は、満鉄の社員と結婚して大連にわたるが、そこで子供を失い、浮気をしていた夫とも離婚し、再び九州に戻って大学病院で働くことになる。彼女は、母性以外の価値を女性に認めなかった時代の被害者として描かれると同時に、植民地においては、宗主国の構成員として、植民地の人々に暴力をふるった加害者として描かれている。

「内地」に戻ってからの上田は、家族からも病院の同僚からも「出戻り」ということで疎外されている。そこで上田がとりわけ執着するのは、橋本本部長の妻であるドイツ人女性・ヒルダである。同じ看護婦出身でありながら、ヒルダには、病院内の権力者である夫と子供がいる。そこに上田の不幸ゆえの嫉妬を読み取るのは簡単だが、彼女のヒルダへの執着こそ、生体解剖事件に参加する契機になるので、詳細に見ておく必要がある。

ある日、決定的な事件が起こる。施療患者が入院している大部屋で一人の患者が自然気胸を起こしたのである。上田は、医者に連絡を取るが、「どうせ助からん患者だろ。麻酔薬をうつて……」という指示が出される。上田はいわれたまま、麻酔薬を入れようとするが、ヒルダがそれに気づき、「死ぬことがきまつても、殺す権利はだれもありませんよ。神さまがこわくないのですか。あなたは神さまの罰を信じないのですか。」と憤慨する。

こうした病院の状況は、実に戦場の場面と酷似している。上官の命令にただ単に従う兵士と、医者の指示通りに動く看護婦がいる。自らの行動の結果が人を殺すことになっても、行動を制限する規範のようなもの、前者は国際法で、後者はヒルダにとって宗教であろうが、そういうものをもたない人々が『海と毒薬』には描かれているのだ。

暴力の連鎖とレイシズム

さらに注目したいのは、ヒルダが怒りの言葉を発している際、上田の目が向くところである。上田はヒルダの言葉をほとんど聞いておらず、机を叩いている手を観察し、「砂のようにガサガサとした感じ」から「白人の皮膚がこんなに汚いとは思いませんでした。うすい金色の生毛さえその上に生えているのです」と述べるのである。この後、生体解剖に参加することを決めてから上田が語った言葉は、次のようである。

ヒルダさんの石鹼の香りがまた蘇つてきました。彼女の右手、うぶ毛のはえた西洋人の女の肌、あれと同じ白人の肌にやがてメスを入れるのだなとわたしは考えました。

「白人の肌つて切りにくいかしら。」

「馬鹿な。毛唐だつて日本人だつて同じだよ。」寝がえりをうつて浅井さんは呟きました。

「白人の皮膚」、「白人の肌」と繰り返し肌の違いが見いだされていることが重要である。小森陽一は、アルベール・メンミの「人種差別主義(レイシズム)」の定義を参照しながら、レイシズムを

「狭義」と「広義」とで分けて説明する。それによると、狭義のレイシズムは、生物学的なレイシズムであり、生物進化の序列の中で、白色人種、黄色人種、黒色人種のグラデーションを作り、それを「文明」化された度合いと捉えるものだ。帝国主義的植民地支配の正当化に使われたものである。広義の定義では、生物学的差異でなくても、なんらかの差異を理由に、自分の価値を高め、他者の価値を下げることで、言葉による攻撃、もしくは実際の攻撃に向かうことを指す[小森、二〇〇六]。

突如、上田がヒルダに見いだした肌の違いは、まさに生物学的なレイシズムである。しかも、それは複雑にねじれた形のものである。上田が「満洲」で「理由もないのに」、女中代わりに来ている現地の女性を「撲るように」なったことを想起せねばならない。民族ということを差異とし、宗主国と植民地の関係性を盾に、自らの暴力を正当化していた彼女は、今度「内地」に戻ってきてからは「白人の皮膚」という差異を見つけ出したわけである。しかし、ヒルダの地位は、上田より高く、上田は肌の違いを理由に彼女を攻撃することなどできない。そこで「白人」という無理なカテゴリーを持ち出して、ヒルダの代わりに、捕虜の肌にメスを入れようとするのである。だから、一見、なぜ生体解剖事件に参加したのかという問いとは無関係にも思える出来事(結婚、満州での体験、ヒルダの話)は、捕虜虐待という暴力の前触れとして互いに緊密に結びついていたのである。

個人の不幸が、非論理的な暴力の萌芽となる。病院という場所と構造がそれをさらに駆り立て、個人を組織や国家の暴力に加担させる。そのようにしてセクシズムの被害者がレイシズムの加害者となる。

もちろん、レイシズムだけで、上田の暴力が綺麗に説明できるわけでも、暴力の連鎖が必ずしも因果的に説明できるわけでもない。実のところ、この小説には、セクシズムの加害者として、戸田という医学生の手記もあり、より詳細な分析が必要だろう。だが、ここで注目したかったのは、論理的でない暴力の向け方が、「白人の肌」というところに収斂（しゅうれん）していくプロセスである。それがレイシズムの働き方と類似していることを捉え、このような暴力が戦時という異様な時代に限った話ではないことを確認することが必要なのだ。

大江健三郎「飼育」に連なるもの

遠藤周作「海と毒薬」が掲載された雑誌『文学界』は、翌年の一九五八年一月号に大江健三郎（おおえけんざぶろう）の「飼育」を載せている。墜落したアメリカの飛行機から落下傘で降りて来た黒人兵と村の人々との物語である。《町》から差別されている村の人々と、彼らの捕虜になった黒人兵の設定を通して「飼育」は、差別と暴力の問題を徹底して追及している。

こうしてほぼ同時期に、捕虜問題を正面から取り上げた『海と毒薬』と「飼育」は、レイシズムのような複雑な暴力の連鎖から逃れるため、どのような方法を模索していたのだろうか。

『海と毒薬』の冒頭は、戦後を生きる普通の人を登場させることで、日常感覚で戦時中を振り返るよう仕向けている。郊外で平和な生活をしている人々の、過去に人を殺したことがあるという異常さが強調されているのである。

具体的にはこうだ。ある日、一人の医者のところに、患者が訪れる。その患者は、気胸療法を受けるため、病院を訪れたわけだが、医者の冷たい手つきに違和を感じる。その感触は、「金属のようなヒヤリとした冷たさ」、「一人の患者ではなく、なにか実験の物体でも取扱つているような正確さ、非情さ」と表現される。後になってその医者が生体解剖事件に立ち会っていたことが判明するという構造である。

振り返ってみれば、上田看護婦がヒルダともめたのも、患者の自然気胸が原因であったし、捕虜の生体解剖事件も肺の実験であった。さらにいえば、遠藤周作自身、結核で入院と手術を繰り返した経験がある。つまり、戦後の日常における自らの身体を通して、戦時中における他者の身体を想像するということ、いわば「追体験」が試みられているのである。

うとうとと眠つてはすぐ眼がさめた。闇の中で勝呂医師の蒼黒くむくんだ顔と、あの毛のはえた芋虫のような指がチラついた。あの指でさわられた冷たい感触がふたたび右腕の皮膚の上に蘇つて来る。

生体解剖事件と全く無関係な、一人の患者が、捕虜の経験したものを追体験している場面である。

追って身体をもって経験する。そのことで、生身の、同じ人間としての捕虜の感触が蘇ってくるのである。この感触を戦後の人々に経験させることこそ、この小説がレイシズムから逃れ、暴力の連鎖を断ち切る方法として考えていた答えだったといえよう。

大江の「飼育」にも、一人の少年が「捕虜」を追体験する場面がある。

黒人兵が、敏捷な獣のように僕に跳びかかり、彼の躰へ僕をしつかりだきしめて、銃孔から彼自身を守つた時、僕は痛みに呻いて黒人兵の腕の中でもがきながら、すべてを残酷に理解したのだつた。僕は捕虜だつた、そしておとりだつた。黒人兵は《敵》に変身し、僕の味方は揚蓋の向うで騒いでいた。怒りと、屈辱と、裏切られた苛立たしい哀しみが僕の躰を火のように走りまわり焦げつかせた。

少年＝「僕」は、黒人兵の「捕虜」になってはじめて、彼が感じていたはずの「屈辱」を経験する。『海と毒薬』の冒頭に表れる戦後の語り手が、戦時中に上田がしたようなことを繰り返さないために、皮膚の感触という身体的な媒介が必要であったように、「飼育」の少年にも「捕虜」を追体験することが要請されていたのである。両作品とも、ありもしない生物学的差異を利用して自分と他者とを分けるレイシズムではなく、自分自身の身体を、他者の痛みが蘇ってくる場として用いることを提案しているのだ。

出来事の暴力を書き残す

最後に、九大生体解剖事件(「相川事件」)の当事者が再審理によって減刑され、出来事そのものも過去のものになりつつあった時期、『海と毒薬』が虚構による審理を進めていたことを強調しておきたい。次は、遠藤周作の文章である[遠藤、一九六二]。

しかしあの小説を書いてから、ぼくは実際に事件に参加した人たちから手紙をもらった。そのなかのある人たちは、ぼくがあの小説によって彼等を裁断し非難したのだと考えたようである。だが、とんでもない。小説家には人間を裁く権利などはないのである。ぼくはその人たちに返事を書いたが、この誤解はぼくにとって大変つらい経験だった。

戦争の記憶も戦争裁判もまだ生々しかった時代である。遠藤は「小説家には人間を裁く権利などはない」と述べているが、当事者にとってみれば、文学を通して忘れたい記憶を突きつけられる経験は、もういちど裁判に立たされるような感覚であったかもしれない。しかし、遠藤周作がこの出来事を文学として残したからこそ、読者は、七〇年以上経った現在においてなお色あせない暴力の根源的な問題に立ち返ることができるのだ。

第3章
裁かれなかった残虐行為
(1960年代)

日韓基本条約正式調印．左から金東祚韓国首席代表，李東元韓国外相，椎名悦三郎外相，高杉晋一日本首席代表，右端は佐藤栄作首相．東京・首相官邸(1965年6月22日)．

第二次世界大戦後に開かれた戦争裁判において問われたのは、枢軸国の戦争犯罪であって、連合国の行為ではなかった。そこで追及されなかった連合国、とりわけアメリカの残虐行為を、一九六〇年代の文学作品が正面から取り上げていたことは注目に値する。

裁く／裁かれる関係を逆転させ、今度こそアメリカの戦争犯罪を問いなおそうとする作品が次々と登場する背景に、安保闘争から学生運動、ベトナム戦争への反対運動に至るまで、一九六〇年代固有の文脈があったことはいうまでもない。高まっていく反米感情とともに、裁かれなかったアメリカの罪が呼び出されたのである。

見逃してはならないもう一つの文脈は、この時期に国交正常化に向けて、アジアへの戦争責任問題が浮上したことである。アメリカの北ベトナムに対する爆撃が始まったのは、一九六五年二月であったが、同年六月に日韓基本条約が調印された。このような時代を背負って、文学は、アメリカの罪を裁きなおすと同時に、かつての戦争裁判において主役にならなかったアジアの人々に注目しはじめたのだ。

1　アメリカの残虐行為を問う――堀田善衛『審判』

審判を待つアメリカ人

最初に扱う作品は、堀田善衛（ほったよしえ）の「審判」（『世界』一九六〇年一月―一九六三年三月）である。日米安全保障条約が調印された一九六〇年一月から連載を開始するこの長編小説が、これまで読んできた作品と異なることに気づくには、一頁目を開くだけで十分である。『審判』は、シアトル港で船に乗って日本に向かうポール・リボートの描写に始まるのである。アメリカ人に焦点を当て、その内面を描く小説を、本書では初めて扱うことになる。

ポールは、何者なのか。小説の前半は、読者の好奇心をそそるものの、なかなか彼の正体を明かさない。

出国手続の際に拒否されることを心配していたポールは、結局誰も「彼の過去」を問わなかったことに安心する。神経症で悩まされ、精神病院で治療を受けていたポールが、日本に向かおうとしたのは、アメリカでは、彼の過去に対する「最終判決」がなかったためだとされている。

一方で、日本でポールを迎え入れる出音也（いでおとや）教授も「彼のことについては秘密を保つ約束」（傍点原文）をしたうえで、「普通の人だったら到底堪えられないほどの怖ろしい過去」をもつ彼の世話を引き受けようとする。

これほどに強調されたポールの過去は、一体どのようなものだろうか。ポール自身によって語られたのは、「一九四五年八月六日午前八時十五分に、広島の上空にいた」ということである。彼は、爆弾投下機の二機を誘導する気象偵察機の機長であったのだ。

このポールの造形に、実在のモデルが影響したことに関しては、水溜真由美が詳しく論じている。それによると、モデルになったのは、米軍が広島に原爆投下をした際に、先導機のパイロットであったクロード・イーザリーである。彼は、一九四六年七月に行われたビキニ環礁における原爆投下実験にも参加しており、その後、精神を病んで二度も自殺未遂を起こし、犯罪を繰り返していた。罪意識を表明したことで世界的に注目されていたイーザリーは、小説『審判』が書かれる前後の日本でもよく取り上げられ、彼をモデルにした多くの作品が生み出された［水溜、二〇一九］。

原爆投下という未曽有の過去をもったアメリカ人に対して、いかなる「審判」があり得るのか。小説の中心に据えられたこの問いが、実在の人物によって触発されたのは間違いないだろう。ただし、『審判』は、イーザリーの伝記として書かれたのではなく、虚構性も抽象性も極めて高いフィクションとして書かれたものである。

中国での残虐行為と象徴的処罰

特に注目すべき点は、小説『審判』がポールというアメリカの残虐行為を象徴する人物を描きながら、同時に、中国で残虐行為を行った高木恭助ら日本軍を並置させたことである。中国人の視点から南京虐殺を描いた「時間」(『世界』一九五三年一一月—一九五五年一月)の作家ならではの構成といえよう。

出教授の義理の弟にあたる恭助は、中国での戦争経験がトラウマになり、ほとんど廃人と化した人物である。ある日、甥の信夫(しのぶ)(出の長男)と戦争責任の話をしている途中、椅子から床に転げ落ち、首筋を床につけ、足を上にしてのけぞり、両脚を「く」の字型に曲げて動かなくなってしまう。その後、精神科の治療を受け、姪の唐見子(とみこ)(出の三女)による真摯な看護にも助けられて症状はよくなったものの、恭助は、「足が曲ってしまったことが、救いなときもある」と告白する。

戦場で一体何が起こったのだろうか。唐見子宛の手紙で明かされるのは、小説の読者にとってもトラウマになるような出来事であった。恭助は、経師屋出身の軍曹である志村が、市場で買物をして来た帰り途の老婆を強姦し、悲惨な虐待を行う場面を目撃する。それから志村は、恭助に老婆の処分を命じる。

私は老婆を釈放してもよかったのだ。しかし、これほどの……。私は咄嗟に殺す決心をした。……軍曹のもっていた拳銃をとり、後頭部と心臓を射ち抜いた。心臓を射ち抜いたその瞬間、老婆がむき出しの、水に濡れた両脚を、ぎゅっと曲げた。私と他の兵とで、この老婆をかついで行って、穴に捨てた。

……穴のなかで、老婆はさかさまになり、両脚を〝く〟の字型に曲げたまま、凝っと穴の上を、つまり私を凝視していた。

戦後の日本において、恭助が両脚を「く」の字型に曲げて動かなくなったのは、この老婆を殺した場面の反復であったのだ。彼の身体が彼に、老婆の体現を命じたことは、象徴的な刑罰にほかならない。

しかし、見過ごせないのは、その前の箇所である。「これほどの……」に込められた、言葉で形容しがたい（実際に小説では詳細に描写されているが）暴力を受けた老婆に対して、恭助が、釈放よりも死を与えた方がよいと判断したことである。性的暴行を受けた女性に、さらに死を強制する恭助の思考の働き方については、次の場面を確認したうえで、戻ることにしよう。

志村と恭助は、戦場で、死によって結ばれた仲であった。志村が老婆を強姦し、恭助が射殺した……。

恭助の人生は、世の中の成り行きとは逆に、そこで止まってしまい、志村の人生は、戸塚の志村の家へ十何年ぶりで突然恭助が訪ねて行ったことで、すでに子供が四人もあるように歳月を流れて来ていたにもかかわらず、一挙に、そして強引に十数年の以前へ引き戻されてしまっていた。

日本に帰ってからも戦時中を忘れることができずにいる恭助が、志村を訪れ、繰り返し過去の出来事を再現して聞かせる。志村を「強引に十数年の以前へ」引き戻す恭助の訪問には、過去の忘却を許さないという、やはり象徴的刑罰の意味が込められているだろう。だが、恭助は、神経症になって両脚が曲がってしまったことを、「お前でなくて、このおれがそうなったんだ。因果がおれの方へまわって来たんだ」と述べており、志村の罪を問うているものの、彼自身の罪がどのような性質であるのかを反省的に振り返ることはない。

ジェンダーと暴力の連続性

自ら老婆の身体を体現し、志村に対しても罪を想起させる恭助に欠けているのは何だろうか。このことは、『審判』の構図とともに考える必要がある。『審判』において、恭助と志村、そしてポールは、暴力(駆使)の経験を共有することで、男同士の連帯感を感じている。一方で、小説は、「娼婦」としての雪見子(ゆきみこ)(出の長女)と「聖女」としての唐見子を対置させながら、ポールと恭助のトラウマを慰安する存在として描いている。

こうした構図が、戦時中から連続したものであることはいうまでもない。さらに、男たちのトラウマが、被害者の痛みを奪取した形であることにも注意を払わなければならないだろう。恭助は、志村の暴力を糾弾しながらも、性的な暴力を受けた女性に死を強いた自分の暴力には気づかないまま、戦場での経験を自分の痛みとして語り、唐見子に「看護」を求めているのだ。

こうしたジェンダー表象が小説の批評性を危うくしているのは、確かである。次の引用は、中国での罪を自覚した恭助の言葉である。

復員船に乗る前夜に逃亡して上海の町を浮浪して歩いたときにも、彼は自分が女であったら、とくりかえしくりかえし考えたものであった。夜の町に、困窮した日本人や朝鮮人の女が立ち、中国の男たちに買われて行くのを、彼は深い羨望の念をもって見送った。国というものが犯した行為というものは、最初に、そうして最終的にも、窮極的にはああいうかたちでつぐなわれて行くのであろう、と彼はいまでも信じている。

復員船に乗る前の晩、罪意識に悩まされる恭助が、上海郊外にあった集中営を逃げ出すエピソードである。戦場での暴力を忘れ、日本に帰ることを拒む彼が、ここでも倫理的な立場を獲得し得ないのは、女性に対する認識のためである。恭助は、植民地、敗戦、占領といった現実が女性に強いる暴力を理解しようとせず、「国というものが犯した行為」が女性たちによって「つぐなわれて行く」状況そのものを、問題視することができないでいる。そうした彼の考え方が老婆を殺す原因でもあったことに無自覚なのだ。

罪の比較と抽象化される原爆投下

ポールの話に戻ろう。恭助とポールは、罪を背負った者として描かれながらも、「きわだった対比」が度々強調される。恭助は、ポールの存在をめぐって「この男は、もし神があるとして神の前で有罪か。この男とおれと志村とでは、どいつがいちばん罪が重いか。しかし、この男は、いったいほんとうに殺人者か、どうか。この男がボタンを押したとして、それでほんとうに殺人者であるか」と逡巡する。

戦争の経験をほとんどもたない唐見子も、これまで見守ってきた恭助と、恭助から聞いた志村、そして新たに登場したポールを比較する。彼女は、恭助と志村の罪は、「犯され殺された人の顔や身体つきを眼に浮べることが出来る」（傍点原文）「自ら罰し得る範囲のこと」だが、ポールの場合は、「感覚的にも道徳的にも」「絶対的な例外」と考える。

ポールの罪を捉えかねているのは、周りの人物だけではない。ポール自身も自分の行為を抽象化してしか捉えられない。彼は、原爆投下以降、広島は「自分にとって自分自身の自然、あるいは主体以上のもの」になったと述べ、「地球が広島になっている」と語る。原爆投下が、彼が行った他の爆撃とどう違うのかを上手く説明することはできないが、「何かが違う、未来にかけて違う」（傍点原文）と感じているのだ。

人類最初の悪を実行した人間としてポールを形容するにあたって、「逆立ちしたキリスト」に代表されるような、宗教的表現が用いられるのも無理はない。しかし、過剰な抽象化がほとんど神話化を誘発し、具体的な被害者たちの苦しみを置き去りにする危険性には注意せねばならない。ポールの罪も、志村と恭助が殺した老婆と同様に、生身の人間の「顔や身体つき」に結びつけて記憶されねばならないのではないだろうか。そうでなければ、残虐行為は、被害者を通り越して、ポールの苦しみや傷として領有されかねないのだ。

仮構の法廷と『審判』

このようにアメリカの原爆投下と中国における日本軍の残虐行為を比較する小説『審判』は、それぞれの戦争犯罪に対してどのような「審判」を用意したのだろうか。小説の結末を検討する前に、登場人物が戦争裁判をどう捉えているのかを見ておこう。次は唐見子の言葉である。

　彼らは果して本当に犯人、被告なのだろうか、もしそうだとして、そういう審判を行いうるような、人間ほどの大きさの、人間大の法廷というものがそもそもどこの世界にありうるものであろう。極東裁判で戦犯が裁かれたのは当然だ、と唐見子は思う。しかしそれを裁いたものは、人間ではなくて実は政治だ、その証拠に、天皇は除外されているではないか。またもう一つの証拠に、そのときの戦犯の一人が、現に首相となって支配下の警官隊にまもられている。そういうことを、政治、というのだ、と唐見子は思っていた。

しかしそんなこともいまはどうでもいい。さらに、ポールや恭助や志村などの、彼らがもし、裁判官、検事、犯人、被害者、証人、弁護士などの、そのどれかにあたるものとしたら、もしそうだとしたら、このわたしは何にあたるのだろう、傍聴人というものは、この場合、ありえないだろう。誰も傍聴人ではないだろう。強姦されて殺されたお婆さんはどうなるのだろう。

ポールや恭助、志村を審判する法廷は、あり得るのか。唐見子は、戦争裁判の意義を否定はしない。だが、天皇の不起訴と、小説の現在である一九五九年にA級戦犯容疑者であった岸信介（きしのぶすけ）が首相になっていることに鑑みて、東京裁判が「政治」であったと判断する。

同時に、唐見子は、単なる「傍聴人」として傍観することができない立場から被害者の老婆を想像する。興味深いことに、この老婆を考えた後、寒気を感じる彼女の肩に恭助の手が置かれた時、地の文は「その殺人者の手」と表現している。それまで「恭助」と名指されていた人物を、唐突に「殺人者」に言い換える地の文は、何を意図しているのだろうか。被害者の存在に近づくことで、恭助が「殺人者」であることを自覚した唐見子の感覚がそこに反映されていると捉えることができるかもしれない。もしくは、地の文を統御する作者が、小説『審判』という想像上の法廷において、恭助を明らかな「犯人」として立たせていると解釈することもできるかもしれない。

一方で、恭助は、ニュルンベルク裁判に言及しながら、「人間の歴史のなかへこの裁判をはめこんでみるとき、裁く者が裁かれたものによってもう一度裁かれる、あるいは裁くということ自体が裁かれる」という「逆転現象」が起こらないだろうかと思案する。まさに、一九六〇年代において、かつて裁く側であったアメリカの残虐行為、なかでも原爆投下を問題視した小説『審判』の営為がメタフィクション(自己言及)的に語られている箇所といえよう。

さらに、小説の終盤においては、戦争裁判と文学の関係をなぞっているようなところがある。

審判などというものはありえないのだ、というのが恭助の結論なのである。審判というものがあると思われている限りにおいて、人は永久に物語や小説のたぐいを創作し読んで行くであろう。ありうるのは実は罪と罰だけなのだ、そのあいだにはさまっている審判というものは、要するに仮構なのだ。そうして仮構なしに人は生きない。

こうした「審判」に対する恭助の懐疑は、そのまま小説『審判』に対しても適用できる。小説が恭助とポールを「審判」することはできない。小説『審判』も、「審判」があると信じて創られた物語の一つにすぎない。「審判」は「仮構」にすぎないのだ。

しかし、重要なのは、最後の文章である。「仮構なしに人は生きない」。現実の戦争裁判において裁ききれなかった残虐行為を裁き、「審判」を下すことは、「仮構」であってもなお必要である。なぜフィクションが戦争裁判を繰り返し取り上げるのか、本書の問いに対する一つの答えになっているのである。

ちなみに、「仮構」というものは、小説の最初から最後まで、ちりばめられた仮面(ポールがアメリカを出る前にシアトルで寄った東洋美術館で発見した仮面、出教授の部屋に飾ってあった能面、最後に広島でポールがかぶっていた仮面)のイメージとも重なる象徴的なモチーフである。

さて、小説『審判』が用意した「仮構」の判決は、どのようなものだったのだろうか。最後の法廷は、広島で開かれる。この町は、ポールにとって「審問官」になるはずだった。しかし、広島に来てからも彼に「自分の犯罪の現場にいるなどという感じはまったく」ない。

そしてポールを取り巻く虚無、罪そのものから疎外された感覚は、やがて彼が平和橋から落ちて自殺を遂げることで終止符を打つ。恭助も自らの自殺を予感する。このような形で小説『審判』は、残虐行為の加害者たちに「審判」を下したのである。不完全なものであったとしても、「審判」なしに「人は生きない」。むしろ、未完であるからこそ、戦争の罪を問う「物語や小説のたぐい」は書かれ続けるのだ。

2 植民地支配責任を問う――小田実「折れた剣」

小田実の韓国訪問

小田実(おだまこと)の「折れた剣」は、一九六三年の韓国訪問に触発されて書かれ、同年一二月号の『文芸』に発表された小説である。

小田実は、一九六一年に河出書房新社から旅行記『何でも見てやろう』を刊行し、翌年同出版社から長編小説『アメリカ』を発表するなど、留学や旅行の体験から日米関係、さらには世界のなかの日本について独自の議論を展開する一方で、旺盛な作家活動を行っていた。そして一九六三年は、世界の数々の国を見て回った小田が、まだ残されていた「外国」に出かけた年だったのである［小田、二〇〇八］。

小田実が韓国を訪問した当時、世間の関心は、国交正常化をめぐる日韓交渉に集まっていた。一九六一年五月一六日のクーデターで政権を掌握した朴正熙（パクチョンヒ）（一九六三年一〇月の選挙で大統領となる）は、一九六二年に発表した経済五カ年計画の実現を目指し、その資金調達のために日韓会談に注力していた。このような軍事独裁政権下の韓国と、自民党の池田勇人（いけだはやと）内閣との間で請求権、国交正常化に向けての積極的な交渉が進行していたのである。小田実が軍事政権の招待に応じて「在韓著名外国人視察団」に加わったのは、まさにこの時期なのだ。

戦争裁判の再審を要求する人々が登場する小説「折れた剣」も、このような文脈において考えなければならない。とりわけ、「正常」では生きられない元朝鮮人戦犯が訴える苦しみは、正常化、判決、処理、賠償、謝罪、回復といった政治の言葉がいかに被害者の声を黙殺するのか、を浮き彫りにしている点で注目に値する。苦しみ続ける原告たちと、不特定多数の被告たちとを再召喚する小説は、植民地支配と戦争への動員を、「法的に解決済み」とすることの暴力性を追及しているのである。現在、そして未来にもかかわる問題の原型がこの小説に刻印されていたといっても過言ではない。

「折れた剣」の設定と登場人物

韓国ソウル市の一流ホテルに滞在している日本人のなかには、商社の課長である井田(=「私」)、新聞記者の杉山、佐々木がいる。井田の愛人である宰姫、宰姫の兄である朴、朴の友人で井田の仕事を手伝っている宋は、韓国人である。韓国を舞台にし、日本人三人と韓国人三人を同等に議論させるという設定は、これまで本書で扱った他の小説にはなかったものである。

日本人の造形から検討しよう。井田は、保守党を背負ってCIAと結託し、韓国を経済的に植民地化しようと企んでいる日本の企業「寺本興産」から派遣されている。井田と杉山、佐々木は、日(米)韓の政治を表層的に議論しながら、その一方で日本からの金を振りかざして酒を飲み、女性の身体を買う。

一九六〇年代を説明するうえで欠かせないのが、高度経済成長という言葉だろう。日米安全保障条約が調印された一九六〇年に、日本政府は、国民所得倍増計画を決定していた。小説が刊行されたのは、経済成長を象徴する東京オリンピック(一九六四年)を一年後に控えていた時期であった。

こうした輝かしい経済成長を遂げた日本と、朝鮮戦争の打撃から立ち直っていない韓国の経済格差を背景に、泥酔してソウルの街を歩く日本人は決して好感が持てるキャラクターではない。なかでも一人称の語り手である井田は、日本に家庭をもちながら、韓国では佐々木から愛人(宰姫)を「引き継」ぎ、二重生活をしているという設定なのだ。

戦争責任を否定する論理

日本人同士で戦争体験を語り合う場面から見ていこう。特攻隊出身の杉山は、「毎年八月十五日」に植民地支配からの解放を祝う韓国人を見て、特攻隊の人々が死んでいった意味を探しあぐねている。一方で、若い佐々木は、武器ももたないまま、「ただ一方的、受動的に、大量に殺される」「人間の尊厳など、どこにもありはしない」空襲経験を語る。

ちなみに、空襲経験は、「折れた剣」も収録されている単行本『泥の世界』(河出書房新社、一九六五年)のなかでも、その後も、小田実がこだわりつづけた思想的課題である。特に「泥の世界」(『文芸』一九六五年三月)では、空襲の加害者らしき人物が描かれており、事実上、戦争が終わったにもかかわらず、無意味な爆撃を行った連合国の暴力が問われている。堀田善衞『審判』の問題意識に連なっている作品といえよう。

さて、「あの戦争は、あんたにとって何だつたのかね」という問いが井田に向けられる。真面目に答えようとしない井田に佐々木が突きつけたのは、「あなたは戦犯だつた」という言葉であった。井田は次のように答える。

ぼくはビルマの俘虜収容所にいたよ。陸軍中尉。志願してそこにいたわけではない。命令だった。ということは、佐々木君、きみだってそこにいたかも知れないということだ。昔の日本の軍隊のことだ。きみはその職につけば俘虜を殴ったこともあったにちがいない。それに食糧も足らなかった。死んだものも出た。ということは、戦争が終ったときには自動的にきみが戦犯になってシンガポールで裁判を受けるということだ。戦犯裁判自体が勝利者の気ままな茶番劇だが、そいつにまきこまれる。ぼくはそこで嘘を言わなかった。妥協もしなかった。そして、結局、無罪になった。

若い世代に戦争と戦争裁判を説明するにあたって、井田は、「志願」でなく「命令」によって戦場に赴いたことを強調し、それを根拠に誰でも「戦犯」になり得たことを主張しようとする。「ということは〜ということだ」という構文を二回も用いることで、人間の自由意志を超えた、不可避な状況を想像させ、「きみ」を代入したところで同じことが起こったはずだという方程式を完成させているのである。

「命令」に拠る限り、戦場で行われた行為に対する個人の責任を問うことはできないという論理も、それを補強する「自動的に」、「まきこまれ」、「戦犯」になるという表現も何ら新しい主張ではない。特攻機搭乗員であった杉山が「意志」でなく「偶然」によって生き延びたと述べているのと同様に、戦争責任の所在なさ、抗えない戦争の生態を語る際によく使われるレトリックである。

戦争裁判の捉え方についても同様なことがいえよう。戦争裁判そのものを「勝利者の気ままな茶番劇」だと否定する井田は、他の箇所でも自らが戦犯として裁かれたのは、「ただ一度殴つた俘虜が、偶然、戦犯指名でもつともアクティブに動いた男だつたため」と語っていた。要するに、井田は、志願／命令、意志／偶然という対立項をもって過去の戦争を思考しており、後者の命令と偶然とを武器に自らの戦争責任を否定しているのである。

戦争裁判の不当さを主張する井田の立場は、第二章で検討したBC級戦犯に共通している。だが、これまで見てきた焦点人物の多くが、戦争裁判を批判しながらも自らの戦争犯罪を認め、象徴的な審判を行うか、そもそも無実の人物として設定され、読者も感情移入しやすい造形であったのに対して、井田は、倫理的とはいえない仕事の内容や私生活、戦争責任や歴史への無関心が相まって、不快感を与える人物になっている。感情移入が難しい人物をあえて一人称にし、読者に距離を取らせていることは、この小説の特異な点といえそうだ。

志願／命令の論理を解体する

次に日本人同士の閉じられた議論が、一九六三年の韓国という時空間において、新たな参加者を迎える場面を確認したい。

井田の前に、恋人(宰姫)の兄である朴が現れる。元捕虜監視員であった朴は、戦犯になったことの衝撃で精神に失調をきたしている。戦争裁判において、朴の上官であった重松中尉は、「将校だから、俘虜に直接手を下しはしなかった」という理由で「無罪」になり、朴は死刑となった。後に減刑されたものの、朴は巣鴨に長く収監されていた。次の引用は、井田(＝「私」)が朴に初めて出会う場面である。

「宰姫の兄です。朴圭植と言います。よろしく」

正確なキビキビした日本語で、彼は自己紹介した。私は、彼が日本の軍隊にいたことがあるにちがいないと思った。その彼の口調のせいだろう、私も十八年前の陸軍中尉に立ち戻ったような口調と、そしてそれにふさわしい背骨をまっすぐに正した姿勢で言った。

「井田です。よろしく」

「あなたは井田さんじゃない」

朴は意外なことを言った。私は訊き直した。彼は微笑した。

「あなたは井田さんじゃない」

「じゃあ、誰なんです?」

「それはご自分でも知っていられるでしょう……久しぶりでした。私は長い間あなたに会いたかった」

「私はあなたに会ったことがない」(中略)

「またお目にかかります、重松さん」

「私は井田ですよ」

ここで井田は、朴の登場によって、陸軍中尉であった過去に戻されてしまっている。そして朴は、井田が自分の上官(重松)だと思い込んでいる。いくらそれを否定し、自分が井田であると主張しても、朴は二回も「あなたは井田さんじゃない」とそれを否定する。

もう一度朴に会った際にも、井田は、自分が重松ではないことを証明できないまま、議論に臨まざるを得ない。差し当たって彼にできるのは、戦争犯罪を否定するために用いていた志願/命令、意志/偶然という論理を繰り返すことである。井田は、朴が捕虜監視員に「志願」した以上、それは「意志」による個人の行動とみなすべきで、ゆえに責任が発生すると主張する。

だが、同時に、井田は、この論理を朝鮮人戦犯に使うことが困難であり、かつ暴力的であることにも自覚的である。「志願」という言葉に驚いた朴を、「大きく息を吸いこんだように見えた」と捉えているし、植民地朝鮮において、「志願」がいかに強制されていたか、その文脈を説明しようとする朴の言葉を、「とにかく……」で中断させ、焦燥感を隠すために急いで煙草に火をつけるのだ。

朝鮮人戦犯が要求する証明

井田としては、朴の言動を精神異常の現れと片付けることもできただろう。だが、この話を聞いた朴の友人であり、井田の助手である宋は、意外な反応を見せる。あなたが「重松中尉でない」「証拠」は何かと、井田をさらに追及するのである。そこで井田が持ち出そうとするのは、分かりやすくも「旅券」であったが、宋は日本で身分証明書を捏造した経験を述べながら、その証明能力を簡単に退ける。宋がさらに井田に要求するのは、「アンタが重松中尉のやったことをやらなかった」「保証」である。いったい、その「保証」をどう示せばよいのか。やや長いが、井田と宋の会話を次に引用する。

ただ一つ、たしかなことがあつた。私は彼らを殴りはしなかつたし、俘虜を殴れ、とも命じたことはない。そして、もう一つ、同僚の小泉が彼を殴り、足蹴にして、同じ仕打ちを俘虜に加えることをやめなかつたこと、それもたしかだつた。

「おれはやらなかつたよ」

(しかし、もし小泉がいなかつたら)私はその内心の自分のことばに抗するように声高にくり返した。

「おれは重松中尉のやつたことをやらなかつたよ」

「やらなかつたのなら、それはそれでいいですよ」宋は判決を下したあとの裁判官の表情でようやく腰を下ろした。〔中略〕

「〔中略〕あいつを気狂いにしたのは、井田さん、アンタがた日本人だ」

「おれは日本が嫌いなんだよ」

私は力をこめてその一語を言った。

「それにしても、アンタは日本人だ」

宋も力をこめてその一語を言った。

それから二人は、おたがいをあたかも見知らぬ生物でも見るような眼で見合っていた。どれくらいの時間がその沈黙の対峙のなかで流れただろう、宋の眼の光がちょっとにぶった。

「少しお金を貸してもらえませんか。子供が病気なので」


井田は、暴力を振るわなかったと抗弁した。しかし、「裁判官の表情で」井田を見つめる韓国人の宋は、行為の有無にかかわらず、「アンタがた日本人」が、朴(朝鮮人戦犯)の苦しみの原因であると言い渡したのである。

この象徴的な法廷が、旧植民地の人々のために、過去に用意されることのなかった場を設けていることは、注目すべきである。実際の裁判では裁判官どころか、ほとんど役割を与えられなかった朝鮮人がここで裁判を主導しているのである。

さらに重要なのは、「おれはやらなかったよ」と行為の否定を「声高にくり返した」井田が、「小泉がいなかったら」という仮定に揺さぶられていることである。小泉は、同じ部隊で捕虜を虐待し、捕虜監視員である旧植民地の人々にも虐待を指示した人物である。

つまり、それまで個人の責任を回避するために用いられていた「偶然」というレトリックは、ここで明らかに異なる方向を見せているのである。小泉がいなかったら、彼の代わりに自分が暴力を行ったかもしれない。「おれはやらなかつた」というのは、「偶然」にすぎない。「偶然」は、行為の有無を超えて、戦争責任を思考する手掛かりを示しているのだ。

しかし、というべきか、必然的というべきか、こうした再審の光景を描き出した小説は、一九六三年の政治的状況を刻印し、裁判を中断させてしまっている。「少しお金を貸してもらえませんか。子供が病気なので」という宋の言葉によって議論は中止し、語り手の鋭い視線は、自分に金銭を乞わねばならないことに気づいた宋の「眼の光がちよつとにぶつた」ことを見逃さない。結局、「あいつを気狂いにしたのは、井田さん、アンタがた日本人だ」という宋の言葉は、再審の判決になり得なかったのだ。

経済成長を優先させることによって決して中断させてはならない議論を中断させる。小説が発表された二年後、朴正熙政権の下で経済支援を前提に結ばれた「日韓協定」を先取りしているかのような、不気味な会話というしかない。

韓国での再審と応答可能性

ただし、「折れた剣」が同時代の写し絵であることに満足しないのは、刹那であったとしても、文学による再審が呼び戻した他者と、その他者の苦しみに応答せざるを得ない「アンタ」を、読者に経験させたためであろう。

小説の冒頭から宋の口癖として繰り返し表現される「アンタ」は、明らかに重層的な意味を帯びている。「アンタ」が指しているのは、小泉でもあり、重松中尉でもあり、小泉と重松と異なって暴力を振るわなかった、朝鮮人に暴力を振るうように指示もしなかった井田（＝「私」）でもある、「日本人」になっているからだ。さらに「日本が嫌いな」「日本人」であっても避けられないと宋が主張する時、小説の読者も、否応なく含み込まれてしまう。

したがって、小説「折れた剣」の終盤で、朴が「アンタ」という言葉をもって開始する尋問は重い余韻を残す。井田を復讐の対象と定めた朴は、ナイフをもってホテルの部屋に現れる。井田はその声が「朴の声のようでもあり、宋の声でもあるよう」だといい、眼の前に現れた人もまた具体的な個人を超えて、かつての植民地の人々を指し示していることを確認させる。それから元朝鮮人戦犯である朴は「アンタは重松中尉だよ」「アンタは俘虜収容所の所員だつたな」「アンタはただ一回しか俘虜を殴らなかつたな」「アンタはそれを誇りにしているな」「アンタはそれで無罪になつたな」「それは、アンタのかわりに誰かが俘虜を殴つたからだ。アンタのかわりに俘虜を蹴とばしたからだ。愚かで惨めな男がそうしたからだな」「アンタは重松中尉だ」と矢継ぎ早に問いただすのである。

そこで「私」を殺そうとする朴の意志をなくしたのは、井田がとっさに手にとった銃ではなく、「朴、おまえは志願したんだ、いいか、おまえは志願したんだぞ」という井田の叫びであったとされる。

すでに解体されてしまった二項対立の論理を暴力的に用いることで、朴に向き合うことを諦めた井田は、ホテルの部屋で見えない油虫に向けて殺虫剤を吹き散らし、「快楽」に近い感覚を味わってからベッドに入る。だが、その感覚が一時的であることも、また他者を暴力的に抹殺する危険をともなうものであることも暗示されている。

日本に戻れば、井田は、何もなかったかのように、自分に戻れるだろうか。井田は、「私の世界も私を待つ世界も何一つ変っていないのだ」と繰り返し述べていた。だが、一度「重松中尉の感触」を経験してしまった井田の前には、苦しんでいる他者が幾度となく現れ、「アンタ」と呼び止めるだろう。あなたは重松ではないか、私の苦しみの原因ではないか、と応答を求められるにちがいない。

第4章
ベトナム戦争とよみがえる東京裁判
(1970年代)

ベトナムの戦争犯罪を裁くラッセル法廷．左からギュンター・アンダース，ジャン＝ポール・サルトル，ウラジミール・デディエル，アイザック・ドイッチャー．ストックホルム(1967年)．

アメリカが北ベトナムへの大規模な爆撃(北爆)を開始した一九六五年二月からベトナム和平協定が調印される一九七三年一月までの間、戦争裁判を描いた文学は、過去の戦争と、進行中の戦争が重なるように書かれ、読まれていた。文学だけではない。ベトナム戦争は、歴史学や国際法学など様々な分野において戦争裁判を捉えなおす契機になっていた。

こうした文脈とともに、本章で特に注目するのは、文学のジャンルである。戦争裁判をどのように描いたのか、という「はじめに」の問いを想起してほしい。一九七〇年代には、文学の形式をめぐって多様な試みが行われていた。ここでは、戯曲、推理小説、伝記小説の形をとった三つの作品を取り上げ、戦争裁判を描くに際してそれらの形式が選ばれた必然性や効果を検討する。

1 舞台で再演される東京裁判――木下順二『神と人とのあいだ』

東京裁判の速記録と戯曲

最初に取り上げるのは、木下順二(きのしたじゅんじ)の戯曲「神と人とのあいだ」(『群像』一九七〇年一〇月)である。

戯曲は、「第Ⅰ部　審判」（「審判」と略す）と「第Ⅱ部　夏・南方のローマンス」（「夏」と略す）から構成されており、前者は市ケ谷法廷で行われた東京裁判を、後者は南のある島で行われたＢＣ級裁判を描いている。

「審判」の初演は、一九七〇年であるが、「夏」が舞台化されるのは、一七年後の一九八七年である。それぞれ独立した作品として上演されるほど、両作は性質が異なり、登場人物が共通するわけでも物語が連続するわけでもない。だが、東京裁判を描いた前者とＢＣ級裁判を描いた後者が合わさって『神と人とのあいだ』という戯曲を構成しているので、本書では、一つの作品として読むことにしたい。

東京裁判の速記録にもとづいて書かれた「審判」は、三つの場面から成り立っており、それぞれ管轄権、捕虜に対する残虐行為、原爆投下という問題が扱われている。膨大な法廷記録から切り取られた断片を戯曲にしているため、歴史的知識のない読者には極めて難解な内容になっており、それを記述する法廷用語も読者を戸惑わせるのに十分である。なぜ、そのような形を取ったのかは、後に検討することにして、簡単に内容を確認しておこう。

管轄権に関する最初の場面で日本人の主席弁護人は、東京裁判で問われている「平和に対する罪」が第二次世界大戦後に設けられた「事後法」であり、それを遡及的に適用することはできないと主張する。

次の場面は、戦時中にフランス領インドシナで日本軍がフランス人の官軍民に加えた残虐行為、とりわけランソンでの虐殺に関する直接尋問である。殺されたフランス人がヴィシー政権下のフランス正規軍か、反ヴィシー派＝ド・ゴール派(ゲリラ)か、弁護側は後者の可能性を主張し、その場合には戦時捕虜の権限を要求することが出来ないと主張する。

つづいて最後の場面では、日本のみが国際法・条約の違反で裁かれることの正当性をめぐって弁護側の議論が展開される。原爆投下をはじめ、連合国による戦争犯罪の例が取り上げられる。

このように要約すると、「審判」を構成する三つの場面は、ある意図のもとで速記録から選びとられたのではないか、と思えてくる。戦後八〇年を迎えようとする現在においてそれは、かなり馴染み深い議論に見えるからだ。いわゆる「勝者の裁き」論である。

戦勝国が敗戦国である日本を処罰するために事後的に作られた法、帝国の植民地で行われた日本軍の残虐行為を裁く根拠の不足および訴訟手続上の問題、そして何よりアメリカの原爆投下は、すべて東京裁判を否定する際によく使われる論拠なのだ。

「審判」と「夏」の齟齬

ひとまず、このように「審判」を捉えてから「夏」を読み進めよう。「審判」と異なって「夏」は、物語性が極めて高いドラマになっている。

「夏」の主人公は、トボ助という女性の漫才師である。彼女は、かつて恋人であった鹿野原が戦場においてBC級戦犯として裁かれ、絞首刑にされることを知る。

しかし、鹿野原にとってこの裁判は不当なものでしかない。島民に残虐な行為を働いた日本軍の一員として裁かれた彼は、その行為に直接かかわらなかっただけではなく、島民と最も親しくしていた兵士だったのだ。

ここまでなら、東京裁判の不当さを強調する「審判」の読みとの間に齟齬はないかもしれない。だが、注目すべきは、鹿野原が連合国の批判にとどまらず、戦争に勝ったら誰でも自らを「神」とみなし、同じことを行ったであろうと想像し、「罪」をめぐる思考を深めていくことである。

鹿野原　〔前略〕絞首刑――絞首刑――テキさんにすれば誰だっていいんだ犯人は。犯人さえいれば。――しかしそのテキさんの論理はこっちにも当てはまる。――それに――おれ自身は何もしなかった。――しかしどうしてもやらなきゃならん状況の中に置かれたとき、おれが絶対に罪を犯さないという保証はどこにもない。――そうじゃないのか？――え？――そうじゃないのか？――絞首刑――絞首刑――それをしかし、自分から選んだ自殺の手段だと考える。――主体的にこちらから選んだ自殺の手段。――そう考えるのが一番納得が行く。

絞首刑を宣告された鹿野原が自問自答する場面である。彼は、自分が島民の虐殺に加担しなくて済んだことを偶然と考え、罪と罰を「主体的」に捉え返そうとする。こうした戦争犯罪に対する認識は、第三章で検討した小田実「折れた剣」における井田のそれより、はるかに積極的なものになっている。

さらに、戯曲の最後の方では、鹿野原の亡霊ともいえるような存在が現れ、より直接な形で政治的メッセージを発信している。

鹿野原　忘却のお蔭で悪というものがいつまでも生きのびるってこともあるんだ。この戦争でどんな悪いことをした奴でも、忘却のお蔭で救われる人間がきっと出て来るよ。戦争が終れば、救われてまた世にはびこることができるようになる人間がきっとね。総理大臣になったり、大会社の社長になったり、臆面もなくまたものを書き始めたり――

人々の「忘却」によって戦争も戦争犯罪(者)も再び復活するだろうと、彼は警告する。「忘却のお陰で救われ」、「総理大臣」になるというのは、A級戦犯容疑者として巣鴨拘置所に収監されたものの、東京裁判が終わると起訴されることもなくうやむやにされ、やがて一九五七年から一九六〇年まで首相を歴任する岸信介を指していよう。劇内の時間においては予言であったわけだが、読む現在では歴史的事実になっている。

このように最後まで戯曲を読んだ読者なら、『神と人とのあいだ』が「勝者の裁き」という典型的な東京裁判の否定として書かれたのではないことに気づくはずである。戯曲は、連合国を批判し、戦争裁判の不当さを強調する一方で、実際に行った行為にとどまらない範囲で戦争犯罪を捉え、戦争責任と戦後の政治問題を厳しく問うているのだ。

一九七〇年代の読者

江藤淳は、『神と人とのあいだ』の刊行時に書いた評論で、「木下氏は以後二十年をへだててあらためて眠った子をゆりおこそうとしている」と述べている[江藤、一九七〇]。いうまでもなく「眠った子」とは戦争裁判のことである。なぜ、この時期に戦争裁判がゆりおこされたのかを考えるため、同時代の証言をしばらく検討したい。

一九七〇年前後における東京裁判研究の状況と新しい意味をまとめたうえで、忘れられていた東京裁判を再考する契機としてベトナム戦争に注目したのは、幼方直吉(うぶかたなおきち)であった[幼方、一九七二]。幼方は「日本国民のなかに、太平洋戦争における加害者としての責任感が、ほんとうに根づきはじめたのは、一九六五年のベトナム北爆いらい、といってよかろう。米軍がやっている悪と本質的には同じ悪を、かつての日本軍がやっていた、という自覚である」という森恭三(もりきょうぞう)の言葉を引用しながら[森、一九七二]、東京裁判の再検討が行われた当時の文脈を浮き彫りにしている。

幼方が具体的な歴史的契機として挙げるのは、一九六七年のラッセル法廷とアメリカにおける反戦運動の発展、ニュルンベルク裁判と東京裁判の法理を改めて検討させたソンミ事件などである。

ソンミ事件とは、ソンミ村でアメリカ兵が非武装のベトナム人住民を虐殺した事件のことであり、ベトナム反戦運動のシンボルになった。この出来事が過去の戦争裁判を呼び起こしたと指摘する幼方が木下の戯曲を読む際、「審判」におけるランソン事件をめぐる裁判に注目したのは自然な流れといってよい。この文脈で読み返すと、ランソン事件を取り上げる「審判」は、日本軍のベトナム侵略を喚起し、東京裁判における帝国主義同士のぶつかり合いが、殺されたベトナム人を置き去りにしたことを告発しているように見受けられる。一九七〇年代の読者は、加害者を裁く権利すら与えられなかったベトナム人が、二〇年以上の歳月を経て、再び被害者として浮上した瞬間を読み取ったかもしれないのだ。

実のところ、宮岸泰治(みやぎしやすはる)は同場面を取り上げながら「日本が当時の仏印侵略期に行なったと証言されるランソンでのその後に発掘されたところの約七十の俘虜死体について、(われわれはここからヴィエトナム戦争におけるソンミその他の数々の非戦闘員に加えられた侵略者の虐殺事件を想起しないわけには行かぬが)」と記述している[宮岸、一九七三]。「われわれ」=一九七〇年代の読者共同体が、東京裁判の再現である「審判」を通して、現在進行中のベトナム戦争を考えていたことを裏付ける文章である。

そしてこのように「審判」を読んだ読者なら、「夏」が扱う島民に対する残虐行為も、単なる過去の出来事としては捉えられなかったにちがいない。「審判」と「夏」が一つの戯曲として発表されたこともベトナム戦争という背景において納得できるのだ。

裁判と戯曲という形式

しかし、一九七〇年代の読者が確かに共有していたはずの文脈は、現在の読者にも届くのだろうか。物語性の高い「夏」の場合、鹿野原が伝えてくれる戦争責任と反戦のメッセージは、一九七〇年代と今とで変わらないだろうが、「審判」は、時間の隔たりによって創作の契機が見えにくくなり、読み方も揺れる可能性がありそうだ。

このことは、まさに戦争裁判をどのように描くか、ということに深くかかわっている。典拠となっている東京裁判の速記録と戯曲を比較することからはじめたい。

図6と図7を見れば、速記録と最も類似する文学の形式が戯曲であることがまず確認できよう。速記録は、法廷において肉声で語られたことを書き記し、記録として残すためのテクスト形式である。反対に戯曲は、舞台において肉声で語られることを想定して書かれたテクストである。したがって、発話の主体とその発話される内容とで構成されるこれらのテクストは、必然的に類似した形になるのである。つまり、速記録を典拠とした文学が戯曲というジャンルを選んだことには形式的理由があったと考えられるのだ。

やはり必然的に、東京裁判の速記録にもとづいた「審判」が舞台化されると、東京裁判の法廷が再現されることになろう。上演の度に、観客は、かつて終了したはずの、東京裁判の傍聴人になら

（5） 3號　　昭和二十一年五月六日（月曜日）

○極東國際軍事裁判速記録　第三號

亞米利加合衆國、中華民國、大不列顚北愛蘭聯合王國、「ソビエット」社會主義共和國聯邦、濠洲聯邦、加奈陀、佛蘭西共和國、和蘭王國、新西蘭、印度及ビ比律賓國

對

被告　荒木貞夫　土肥原賢二　橋本欣五郎　畑俊六　平沼騏一郎　廣田弘毅　星野直樹　板垣征四郎　賀屋興宣　木戸幸一　木村兵太郎　小磯國昭　松井石根　松岡洋右　南次郎　武藤章　永野修身　岡敬純　大川周明　大島浩　佐藤賢了　重光葵　嶋田繁太郎　白鳥敏夫　鈴木貞一　東郷茂徳　東條英機　梅津美治郎

昭和二十一年五月六日（月曜日）
東京都舊陸軍省内極東國際軍事裁判所法廷ニ於テ

午前九時三十分開廷

○ヴァーミーター執行官　只今より極東國際裁判所が開廷されます。
○ウェッブ裁判長　本日私達の此のテーブルの前にジャパンズ・レコード、日本の戰爭に關する書類其の他のものが積まれて居ります。之に對して我々は何等責任を感ずるものでありませぬ。是は反日的と思料されます。將來斯ういふ種類のことは許されないものであります。之に對して辯護團から何か附加へることがありますか。
○清瀨辯護人　我々の方では何もありませぬ。――裁判長、一昨日二十三名の被告の辯護人を申上げましたが、其の後六名の被告人は日本辯護人を選定致しました。此の際其の名前を申上げて宜しいでありませうか。
○ウェッブ裁判長　宜しい。
○清瀨辯護人　それでは申上げます。被告人板垣征四郎の辯護は山田半藏辯護士が擔當されます。被告木村兵太郎の辯護は鹽原時三郎辯護士が擔當せられます。被告武藤章の辯護は岡本尚一辯護士が擔當されます。佐藤賢了被告の辯護は私清瀨一郎が擔當致します。梅津美治郎被告の辯護は三宅正太郎辯護士が擔當されます。
○ウェッブ裁判長　以上の被告は皆日本の辯護士に依つて代理されます。
○小林辯護人　裁判長、私は松岡洋右の辯護人小林俊三であります。被告松岡は約六年前より相當重い病氣で苦んで居るのでありますが、之に付て本日鑑定の申請を致して置きました。然るに二日間出廷致しましたので一段と惡化し、本辯護人が被告人に面會しました所に依れば、本日の出廷は極めて困難な狀態にあつたのであります。就ては別に書面を提出して置きましたが、本日の御審理には被告松岡を退廷さして、控室にて休息することの御許可を御願ひしたいのであります。已むを得ざれば本人の有罪、無罪の囘答をする時だけ出廷するに止められんことを御願ひ致します。尙ほ被告が退廷致しましても、本辯護人は依然在廷致しますから、御審理を受くることは何等差支へがありませぬ。終り。
○ウェッブ裁判長　被告松岡は直ぐに卒倒するやうなことがありますですか。
○小林辯護人　恐らく左樣な心配があ　れます。
○ウェッブ裁判長　本件は他の判士と　必要があると思ひますが、前の「ケース　やうに私一人で處分されると思ひます
○小林辯護人　尙ほ此の機會に松岡洋　人として「ワーレン」少佐が選任せられ　とを私より御紹介申上げます。
○ウェッブ裁判長　本申出は休憩中に　ます。
○ワーレン陸軍少佐　私「ワーレン」少　洋右の「アメリカ」側辯護人であります
○ウェッブ裁判長　辯護人側は日本　付て何か御申入がありますか。
○キーナン檢事　裁判長閣下、只今の　護側から起訴狀に於ける誤譯に付て何　ございませぬ。
○コールマン海軍大佐　起訴狀は只今　中央事務局の手に依つて飜譯中であり　だその飜譯は完了して居りませぬ。
○ウェッブ裁判長　それでは裁判を進　して申立を聽きます。
○コールマン海軍大佐　起訴狀に於け　訂正されるまで、被疑事實の認否の申　すべきだと思ひます。
○ウェッブ裁判長　訂正は極く不正確　く、不十分であるとは思ひませぬので　けます。
○高柳辯護人　英文の「テキスト」と　「テキスト」との間に、實質的に差違の　つかの點がございます。法律的效果を與　旬がございます。隨つて若しも起訴狀　のが非常に重要なる文書であり、又そ　て辯護側は議論の研究を進めなければ　のであるならば、起訴狀は法律的に極

図6　極東国際軍事裁判速記録

ざるを得ないのだ。しかも、その裁判は、毎回異なる文脈に置かれ、観客が生きている時代ごとに新たな解釈を迫られる。ベトナム戦争の際にはアメリカへの批判として、ベトナム戦争を忘却した時代には、「勝者の裁き」論として捉えられるわけだ。

　戯曲を読む時点、その上演を観る時点によって解釈の幅が広がってしまう「審判」と、物語の形式をとって明確な批評性をもつ「夏」とが、一つの戯曲として発表された意味もこの点にかかわる。「夏」は「審判」の多様な読み方をある程度制限し、どの時代の読者／観客にも、反戦への意志と平和の希求という、失われてはいけないメッ

木下順二

I 審判

左のスライドが暫くのあいだ映し出される。

この作品中の事件や人物で、現実のそれらに似ているものがあったら、それらは総てそのように意図されたものである。

この作品の中でまじりあっている歴史的事実とフィクションの関係を説明することはむずかしいが、演出者がその点をどう画定するかによって、舞台装置その他の具体的

裁判長　木村兵太郎、あなたは有罪を申し立てますか無罪を申し立てますか。
木村の声　（細く）無罪を申し立てます。
裁判長　小磯国昭、あなたは有罪を申し立てますか無罪を申し立てますか。
小磯の声　（さりげない調子で）無罪を申し立てます。
裁判長　松井石根、あなたは有罪を申し立てますか無罪を申し立てますか。
松井の声　（ゆっくりと）無罪を申し立てます。
裁判長　松岡洋右、あなたは有罪を申し立てますか無罪を申し立てますか。
松岡の声　（聞きとりがたいほどかすれて）I plead――not guilty――on all――and every count.
裁判長　南次郎、あなたは有罪を申し立てますか無罪を申し立てますか。
南の声　（無関心のごとくに）全部無罪。
裁判長　武藤章、あなたは有罪を申し立てますか無罪を申し立てますか。
武藤の声　（平然としたように）無罪。
裁判長　永野修身、あなたは有罪を申し立てますか無罪を申し立てますか。
永野の声　（ぶっきらぼうに）無罪。
裁判長　岡敬純、あなたは有罪を申し立てますか無罪を申し立てますか。
岡　（淡々と）無罪。
裁判長　大島浩、あなたは有罪を申し立てますか無罪を申し立てますか。
大島の声　（高い調子で）無罪。
裁判長　佐藤賢了、あなたは有罪を申し立てますか無罪を申し立てますか。
佐藤の声　（どなるように）無罪！
裁判長　重光葵、あなたは有罪を申し立てますか無罪を申し立てますか。
重光の声　（重く静かに）無罪を申し立てます。
裁判長　嶋田繁太郎、あなたは有罪を申し立てますか無罪を申し立てますか。
嶋田の声　（江戸前の調子で）全て無罪であります。
裁判長　白鳥敏夫、あなたは有罪を申し立てますか無罪を申し立てますか。
白鳥の声　（形式ばって）無罪と申します。
裁判長　鈴木貞一、あなたは有罪を申し立てますか無罪を申し立てますか。
鈴木の声　（ぶっきらぼうに）無罪。
裁判長　東郷茂徳、あなたは有罪を申し立てますか無罪を申し立てますか。
東郷の声　（鈍重な感じで）無罪であります。

96

図7　木下順二「神と人とのあいだ」

セージを伝える役割を担っているのである。

さらに、内容の面では、裁判が文学によって再演されることで思いもよらない効果がある。速記録を典拠とする文学を読む過程で、読者は、必然的に法的文書を文学的に解釈するよう仕向けられる。法の言葉を文学の言葉として受け取るという読書行為とその効果について分かりやすい例を挙げてみよう。「審判」の三つ目の場面において裁判長は、本法廷が「裁判所条令」に規定されている戦争犯罪人のみを扱う、すなわち、連合国が日本の戦争犯罪を訴追することに問題を限定するということを説明する。それに対して、

弁護人F　裁判長の御発言、およびその前の検察官の御発言は、裁判長がかつて何かのおりに使われたあの譬喩にぴったりと当てはまります。すなわち一人の泥棒を訴追している何人かの人々がもし泥棒であったとしても、彼らが泥棒である事実は、訴追されている一人の泥棒を弁護することには少しもならない。――それはそうでありましょうけれどもしかし、泥棒が泥棒を裁くということは、やはり少々奇妙であります。

典拠に当たる速記録の部分も引用しよう。

○ブレークニー弁護人　（前略）裁判長は他の者がどろぼうをしたからということで――日本がどろぼうし、また他の国もどろぼうしているということを、示そうとしておるのかと尋ねられました（新田満夫編『極東国際軍事裁判速記録　第四巻』雄松堂書店、一九六八年、通し頁：四九六頁。一九四七年三月三日の二頁）。

国際条約に違反し、侵略戦争を行った帝国を「泥棒」に譬えることは、木下の独創的表現ではない。度々法廷に用いられた修辞法の一つを反復したにすぎないのだ。だが、このようなレトリックが戯曲に現れると、読者は、文学的表現として受け止めてしまう。そして法に関する専門的知識をもたない読者は、登場人物の言葉を文学的に理解することによって、ここで使われている比喩や表現が当の事項を表すのに妥当かどうかを判断し、法の論理と正当性を直感的に捉えることができるのである。

つまり、読者は、戯曲を通して、一つ一つの表現を押さえながら、過去の裁判を把握するプロセスに参加することになる。このようにして「審判」は、毎回、新しい読者／観客に東京裁判を経験させるのである。そして東京裁判の傍聴人になった観客は、その度に東京裁判をめぐる表現の細部を検討し、自らの生きる時代の状況に照らしながら解釈を行っていくのだ。

2 推理小説が再召喚する戦犯——松本清張「砂の審廷」

「砂の審廷 小説東京裁判」の特異性

木下順二『神と人とのあいだ』の冒頭では、東京裁判が開廷した日に「東條英機の頭が大川周明によって突然後ろから叩かれた」「突発的事件」が描写され、精神鑑定のため、大川が法廷から退出させられたことが説明されている。その後、大川が再び舞台に現れることはない。

東京裁判の速記録にもとづいて裁判を再現しようとした「審判」が、このように大川を扱うのは当然だろう。しかし、この戯曲と同年に発表された松本清張(まつもとせいちょう)の「砂の審廷 小説東京裁判」(『別冊文芸春秋』一九七〇年一二月—一九七一年九月)は、大川周明を物語の中心に据えている。

「小説東京裁判」という副題からすれば、こうした設定はあまり常識的とは思えない。A級戦犯として起訴されたものの、大川は、右の理由で早速法廷から退場し、やがては精神鑑定の結果によって免訴となったのである。したがって、東京裁判を小説化するにあたって、大川を主人公にしては、裁判そのものが描けない。そして実のところ、松本清張の小説は、裁判そのものをほとんど描いていない。

もう一つ、「砂の審廷　小説東京裁判」の特徴は、「小説」と銘打っているわりには、フィクションの要素が最小限にとどまっており、語り手も場面をつなぐ程度しか役割を担わないことである。紙面を埋め尽くしているほとんどは、大川の日記、随筆、論文、著書、裁判記録、起訴状の要約、尋問調書など歴史資料からの引用である。

それでは、主観的な評価はなるべく排除し、歴史的事実にもとづいて、大川の生を振り返った歴史小説と読めばよいのだろうか。だが、それだけでは、実際の裁判で免訴となった大川に関連する史料を集めたものが、なぜ「小説東京裁判」になるのかを理解することが難しくなる。

とりあえず、松本清張という作家が推理小説の巨匠であることを意識しつつ、小説の冒頭を読んでみよう。

ずっと前、わたしが購入した古本のなかに、「戦災日記」と題した個人のノートがあった。粗悪な紙の学童用ノートブック三冊にインキの字がびっしりと詰っている。ぱらぱらとページをめくると、昭和二十年四月から七月までの間、空襲下の東京の生活が書かれているので、あとで何かの参考になると思い、ほかの本といっしょにしまっておいた。〔中略〕

ここまでくると、わたしにも「先生」が何者かだいたい見当がついてきた。「東洋哲学、日本思想ノ碩学」と「長身痩軀、強度の近視眼鏡」が手がかりであるが、もう少し読む。小説の筆者のようにも見える「わたし」が「戦災日記」を手に入れた経緯を説明している。古本屋で見つけたこの日記を久々に開いてみたら、「先生」と呼ばれている謎めいた人物が現れる。それから読み進めるうち、「わたし」は、「先生」が大川周明であることが分かる。

このような始まり方は、これから読む小説が推理小説であることを読者に気づかせ、その推理過程に読者の参加を促すウォーミングアップのように見える。そして実際に読者が参加させられるのは、大川周明が戦時中に何をしたのかを調査するプロセスになるのだ。この仕組みを理解することではじめて、推理小説というジャンルの特異性と、東京裁判を小説化する際に大川が選ばれた理由が解き明かされるはずである。

断っておきたいのは、松本清張にとって、推理小説と歴史小説の方法は、そもそも矛盾するものではないということである［成田、二〇〇五］。彼は、探偵（刑事）が証拠にもとづいて事件の真相を推理するプロセスが、歴史家が史料にもとづいて過去を再構築するプロセスと類似しているところに着目していた。

推理小説と東京裁判

分かりやすくするため、単純化した形で推理小説のフローを提示することにしよう。

事件の発生(犯罪) → 調査のプロセス(推理) → 真犯人の突き止め(解決)

殺人や強盗など違法な事件が発生する。調査と推理の過程を経て、真犯人が見つかり、その人が罰せられれば、事件は一段落する。この図式を東京裁判に当てはめるとどうなるのだろうか。実は、この仮定自体が、推理小説ならではの、重要な問題提起になっている。

戦争犯罪(?) → 東京裁判の審理過程(?) → 真犯人の突き止め(解決?)

一般的な推理小説とは異なって、東京裁判の場合、最初から問いの形にならざるを得ない。つまり、何が問題なのか、戦争犯罪とは何か、を問わねばならないのである。

東京裁判における戦争犯罪の概念は、従来の国際法上認められていた「通例の戦争犯罪」から大きく拡大していた。戦争そのものを犯罪と見なし、違法な戦争を計画し、開始に至らしめた共同謀議が罪とされたことは大きな変化であった。

「砂の審廷」でも連合国最高司令官ダグラス・マッカーサーの名で発せられた「特別宣言書」をはじめ、東京裁判を開廷する前後の史料が数多く引用されている。東京裁判が戦争犯罪をどのように定義し、何を裁こうとしているのかをまず明らかにする必要があったのだ。

次のステップは、東京裁判そのものの進行過程である。「砂の審廷」の主人公は、大川周明であるため、東京裁判そのものがほとんど描かれないことは前述した通りである。それでは、東京裁判に代わって、小説は何を描いているのだろうか。

日記に登場する「先生」が大川であることが判明した後、「わたし」は、様々な資料を通して、一九四五年一二月一二日に大川がスガモプリズンに収容されてから、精神異常をきたして精神病院に収容されるまでの状況を追っていく。その際、大川の弁護士となった大原信一と助手として通訳を務める安田恵子が登場し、推理小説の探偵のような役割を担っていることに注目したい。

要するに大川周明は、こうした侵略戦争の企図と実行の共同謀議の立案者、指導者、組織者、教唆者であり、日本の政治と輿論を戦争に編成替した共犯者というのが訴因となっている。彼の場合は、その経歴からとくに「満州」と「中華民国」の侵略が問われているようだった。

起訴状を読んだ大原が、弁護士として起訴の理由を把握しようとしている箇所である。「問われているようだった」という表現は、これが単なる弁護士の推測(推理と言い換えてもよい)に過ぎないことを示している。

つまり、大川を弁護するため、弁護士は、東京裁判の「戦争犯罪」の定義と範囲を探り、なぜ大川が起訴されたのかを理解しなければならない。とりわけ、戦時中に彼が「満州」と「中華民国」で何をしたのかを知る必要があるのだ。

裁きなおされる大川周明

したがって、この小説が東京裁判の審理に代わって描くのは、自ずと実際の裁判では裁かれなかった大川の戦争犯罪を究明するプロセスになる。「大川周明が松沢病院に入院していても、大原弁護人は職務上の活動をしなければならなかった」とあるように、読者は、この弁護士とともに、東京裁判の過程ではほとんど不在であった大川の過去を振り返らざるを得ないのだ。

例えば、小説の後半は、アメリカ側検事であるヒュー・B・ヘルムによる尋問調書によって紙面の多くが占められている。彼は、一九四六年三月六日から一一日までスガモプリズンに出張して大川の単独取調べを行っていた。この資料は、弁論を準備するため、大原が安田に翻訳をさせる、という形で小説に開示されている。

「砂の審廷」全体の、ほぼ三分の一を占めるこの尋問調書も「これは遂に法廷の提出資料とはならなかった」と説明されているように、実際の裁判で取り上げられなかった資料である。『神と人とのあいだ』が東京裁判の速記録を引用したのと対照的に、「砂の審廷」は、東京裁判に用いられなかった資料を提示しているのである。
東京裁判をすでに終わった歴史的出来事と捉えるのならば、大川に関する記述は、「大川は戦争犯罪の責任能力がないと判断された」と簡略化されればよい。しかし、松本清張は、実際に裁判所に提出されなかった資料にもとづいて、大川を再捜査しているかのように、その記録を小説の中心に位置づけているのだ。次に一部を引用しよう。

問 一九四一年十月十三日出版の「近世欧羅巴植民史」という本の第一巻を渡します。それはあなたの本ですね。
答 そうです。
問 便宜上、この本は書証六八八号と付けてあります。〔中略〕あなたはこう書いていますね。「これらの教訓は、ヨーロッパの前に跪(ひざまず)くことを拒絶するばかりでなく、アジアとヨーロッパ間の対立を超越し、より高度な基盤の上に帝国(Empire)を樹立する使命実現のため、目下、聖戦をすすめている非白人の強力な国民である日本人にとって、さらにさらに重要である」
答 はい。〔中略〕
問 この一連の著書は、大東亜共栄圏の発展にたいへん役立ったでしょう。
答 そうかもしれません。

検事は、大川周明が参加した研究会、著作の内容、一般的な評判などを詳細に分析しながら質問している。そのうえで、大川が帝国日本の戦争遂行を思想的に支えた人物であることを問題視するのである。

ここから松本清張が、陸軍軍人で戦時中の首相であった東条英機ではなく、大川周明を選んだ理由が見えてくる。大川に注目することで、研究、出版、講演といった学問的、思想的活動が、いかに帝国主義や植民地政策、侵略戦争へとつながっていったのかを問うことができるのである。これは非常に重大な問題であるにもかかわらず、大川が不在であったため、実際の法廷では十分に取り上げられなかった問題である。

しかも、この小説が書かれた時期を考えると、日本のファシズムの中核にいた国家主義者を再召喚することにさらなる意味が見いだせそうだ。同時期においてファシズムも国粋主義も、過去に終わったことではなく、いつでも姿形を変えて出現する問題としてあったからだ。

昭和の国家改造を目指した三島由紀夫がいみじくも東京裁判の舞台でもあった、自衛隊市ケ谷駐屯地で自決したのは、一九七〇年一一月二五日であり、「砂の審廷　小説東京裁判」の連載が始まったのは、その直後である同年一二月である。

この小説を通して、大川が一九三一年の軍部内閣を樹立するためのクーデター計画事件である三月事件、十月事件にかかわり、その翌年に、大衆的に国家改造運動をめざした組織を作り、五・一五事件に関係して検挙された後、帝国日本の理論的指導者として活躍したことを追ってきた同時代の読者は、三島事件との重なりを覚えたはずだ。

揺れ動く小説の解釈

このように新たな文脈を重ねながら読まれたはずの小説の後半を引用しよう。

問　あなたが述べたところでは、戦争中、あなたは何度も中国を旅行したのでしたね。
答　はい。〔中略〕
問　日本軍の南京暴虐を見ましたか。
答　その時は、私は南京に居ませんでした。〔中略〕
問　あなたは虐殺か殴打など見ましたか。
答　虐殺は見ませんでしたが、殴打は目撃しました。

このやり取りは、戦争犯罪とは何かという、最初のステップに再び読者を戻してしまう。戦場において、大川は、残虐行為の傍観者にすぎなかった。しかし、戦争遂行を思想的に支え、若い人々を戦場に行かせた「指導者」は、この暴虐に責任がないといえるのだろうか。

しかし、小説は、これ以上、大川の戦争責任に踏み込まず、明確な結論を出さないまま終わる。木下順二『神と人とのあいだ』の「審判」と同様に、松本清張の「砂の審廷」も様々な資料を編集して提示しながら、それへの解釈や批評といった介入をほとんど行わないため、具体的なメッセージを読み取るのは難しい。読み方によっては、歴史資料の多くを羅列する文学から真逆な意味も導かれそうである。

国家主義的思想を広め、戦争を煽動した大川の責任が問われているという読み方ができる一方で、ベトナム戦争という同時代の背景を踏まえれば、連合国側の非が露わになった状況が大川を再評価する契機になっている、とも読めそうである。インドの状況から「白人の有色人圧迫に対する強烈なる反感」をもち、「欧米の東洋植民地政策の歴史」に憤慨し、アジアを「解放」する思想を抱いた大川が肯定される可能性も十分あるように思えてくるのだ。

もちろん、正反対に揺れ動く読みを制御する装置が全く無いわけではない。弁護士の助手である安田は、欧米の帝国主義に怒りを感じた大川が、なぜ「大東亜共栄圏」を構想したのか、という疑問をもち、大川の思想が孕(はら)んだ矛盾に注目するよう、読者を促している。

しかし、この程度の装置で、読者は、小説のメッセージを読み取ることができるのだろうか。ここでもう一度、推理小説というジャンルに戻ろう。読書を通じて推理に参加してきた読者には、最後のステップがまだ残されているのだ。

真犯人は誰か

アジア太平洋戦争の背後にいた最大の責任者、真の戦犯は誰なのか。

そもそも、推理小説であるがゆえに提起することのできたこの問いが、思いがけない斬新さをもっていることを強調したい。東京裁判というと、裁判の公正さや、裁判の意味および限界を論じることが多い。裁判が終わり、すでに判決が出た時点で、もう一度「戦争の真犯人は誰か」と問うのは、かなり特異な取り組みなのだ。

さて、再調査に参加し、多くの記録や史料を読んできた読者は、真犯人を見つけることができたのだろうか。重要なのは、「砂の審廷」に明確な答えが提示されなかったとしても、推理小説のモードが、ある結論を導き出しているということである。すでに「砂の審廷」は、東京裁判で起訴されなかった大川周明の犯罪を再捜査し、その過程に読者を参加させていたからだ。小説の構造そのものが、東京裁判で裁かれるべき人物として、大川周明を指名しているといえよう。

推理小説において真犯人を特定することは、ストーリーを完成させるための不可欠なステップである。したがって、真犯人を見つけることに失敗したら、もう一度最初からやりなおすしかない。「砂の審廷」を読んで、大川が真犯人だという結論に満足しない読者は、松本清張と同じプロセスを経て自分でやりなおせばよい。東京裁判を「勝者の裁き」として否定する読者もやはり、原点に立ち返って真犯人を捜すよう要請されているのである。その意味で、東京裁判を推理小説として描くこと自体、必然的に、継続裁判的、再審的な性格を帯びるとみてよい。

改めて「砂の審廷　小説東京裁判」というタイトルに目を向けると、題名と副題がパラフレーズになっていることに気づかされる。砂という言葉が含みもつ幻、虚無、壊れやすさといった感覚が、小説=フィクションという言葉と対応している。そして審判を行う場である審廷は、東京裁判という歴史的出来事を示す。小説を読む前の読者なら、この小説が東京裁判を、幻として否定的に捉えていると推測するかもしれない。しかし、小説を読み終えた読者なら、フィクションが行う再審の意味を積極的に捉えかえしたはずだ。

3 伝記小説が再召喚する戦犯――城山三郎『落日燃ゆ』

伝記小説と広田弘毅

松本清張「砂の審廷 小説東京裁判」と城山三郎(しろやまさぶろう)『落日燃ゆ』(新潮社、一九七四年)は、一九七〇年代において、東京裁判に起訴された人物を再び召喚している点で共通している。前者が呼び戻したのは、A級戦犯のなか、唯一の「民間人」であった大川周明であり、後者が召喚したのは、絞首刑を宣告された七人のA級戦犯のうち、ただ一人の文官であった広田弘毅(ひろたこうき)である。

戦争裁判を再現するにあたって、誰に焦点を当て、何を問題視しようとしたのかを比較するうえでも二作は興味深いが、前者が推理小説、後者が伝記小説という形をとっていることも良い対比になる。

『落日燃ゆ』の「はじめに」を通して、なぜ広田弘毅に注目するのか、そして伝記小説がどのような形で展開するのかを確認しておこう。

こうした男(平凡な背広が身についた男で、華やかな社交生活とは距離がある男、引用者)が外交官になり、しかも、吉田茂はじめ同期のだれにも先んじて外相から首相にまで階段を上りつめ、そして、最後は、軍部指導者たちといっしょに米軍捕虜服を着せられ、死の十三階段の上に立たされた。

広田の人生の軌跡は、同時代に生きた数千万の国民の運命にかかわってくる。国民は運命に巻きこまれた。

だが、当の広田もまた、巻きこまれまいとして、不本意に巻き添えにされた背広の男の一人に他ならなかった。

一人の人物をドラマの中心に据えるためには、キャラクターの設定が必要である。広田弘毅の場合、「背広の男」が彼の人柄や態度を凝縮した表現として選ばれている。

東京裁判が開廷する日も「被告の多くが軍服か国民服であるのに、広田は背広姿。少しやつれは見えたが、表情は平静であった」と広田が「背広姿」であったことが強調されている。そして「いま一人、目をひいたのは、大川周明。水色のパジャマ、素足に下駄ばきという異様な姿。合掌したり、つぶやいたり、他の被告にいたずらしたりと、落着きがなかった」と大川が描かれ、例の東条英機の頭を平手でたたいて退場させられた「激越な国家主義思想家のこの狂態」が短く記述されている。法廷で目立った二人のなかで、城山三郎が選んだのは前者であったのだ。

右の引用に戻ろう。小説の最初から最後まで「背広の男」として広田を描きぬくのは、ある意味、A級戦犯の一人を、BC級戦犯のように平凡な一人の人間として描くことの表明である。A級戦犯を、戦争を計画し、遂行した指導者として、責任主体として置くのではなく、「数千万の国民」と同様に「不本意に巻き添えにされた背広の男の一人」として捉えなおそうとしているからだ。そこにこそ『落日燃ゆ』の意図があり、それを表す最も効果的なジャンルとして伝記小説が選ばれているのである。

A級戦犯の伝記がもつ特性

しかし、当然ながら、BC級戦犯として裁かれた無名の兵士を描くのと、外相で元首相であった、誰もが知っているA級戦犯を描くのは同じことではない。分かりやすい例を挙げよう。個人の生を通して歴史記述が行われている箇所である。

広田がモスクワに着任して一年経たぬ中に、満州事変が勃発した。〔中略〕

七月八日未明、広田は外務省からの電話で、北京郊外の蘆溝橋で日中両軍の衝突が起ったことを知らされた。〔中略〕

件の発生である。

　南京占領は、もうひとつ厄介で、後に致命的となる問題を、広田の肩に背負わせた。虐殺事件の発生である。

　一人の生と国家の存亡を左右する出来事とが取り結ばれるのは、その一人が無名の兵士ではなく、要職にいた政治家であったからこそ可能なことである。逆にいえば、小説は、広田という戦時外交の中心にいた人物に焦点を合わせることで、自ずと国際情勢や世界史を俯瞰しながら、歴史を記述していくことができるのであって、誰を選んでもそれができるわけではない。

　ただし、一人の人物を中心に歴史的事件を語ることが、他者を見えなくしていることにも注意を払わなければならない。広田を軸にした戦争の記述で限定的にしか現れないのは、戦時中を生きた普通の人々であり、「満州事変」、「蘆溝橋」事件、「南京占領」によって暴力を被った中国の人々である。

　このような限界をもちながらも、伝記の主人公として広田が選ばれた理由として考えられるのは、彼が平和外交を目指していたことである。小説では、外務省の同期である吉田茂をはじめ、広田のキャラクターを際立たせるうえで欠かせない、対比的な存在が複数登場する。

　なかでも、外交で戦争を止めようとした外務省と、中国戦線で繰り返し事件を起こした関東軍との葛藤が劇的に演出されている。外務省内部にもドラマがあり、戦争が激化するにつれ、省内で平和外交と革新(右翼)派が対立していく。そうしたなか、広田だけが、和平を貫こうとした人物として記述されるのである。

こうした書き方から伝記小説の筆者と伝記の対象との距離が測られる。城山は、広田と極めて近い場所から、彼に寄り添ってその内面を想像し、出来事や他の人物を評価しているのである。

広田にかかわる様々な資料を検証する城山は、文章の形式に意識的であることを読者に要請していた。例えば、木戸幸一（きどこういち）の日記に対しては「もともと日記は、記述者本人が不利となる書き方をしないのが、ふつうである」という注を付けたり、駐ソ大使だった広田が参謀本部員と交わした会談のメモに対しても「談話の要点をまとめる際、筆記者の主観や先入観が影響しやすい」と付記している。

しかし、文章の特徴に言及し、信憑性に疑義を提示しているこの伝記小説もまた、主観性から逃れられないジャンルである。伝記小説は、単に資料から浮かび上がる、客観的な人物像を示すものではなく、筆者の理想にもとづいて人物を再創造するジャンルなのだ。

伝記小説による再審の意味と限界

長編小説の後半では、戦犯指名の過程、スガモプリズンでの生活、東京裁判の法廷における広田の姿が描写される。「政治」でしかない東京裁判において、ほとんど沈黙していた広田の態度は、超然としたものとして称賛されている。

何より興味深いのは、広田弘毅を戦時中の平和外交に努めた英雄として描き出すことが、東京裁判の判決に対する異議申し立てになっていることだ。

例えば、南京虐殺に対して、『落日燃ゆ』の筆者は、「広田はもちろん、こうした「殺害」にも、「殺害の共同謀議」にも関係はなかった」と述べている。裁判で「防止の怠慢の罪」が問われたことに対しても、「統帥権独立の仕組の下で、一文官閣僚として何ができたというのであろう」と反問する。

日中戦争について、かつての関東軍参謀であり、東条陸相の下で活躍した田中隆吉(たなかりゅうきち)陸軍少尉の証言が始まると、筆者は次のように述べる。

軍人被告たちはいきり立ち、軍人同士の泥仕合となった。

こうしたやりとりを、広田はうすく目を閉じ、端然とした姿勢できいていた。

槍玉にあげている男も、あげられている男たちも、どちらも、広田に煮え湯をのませた連中であった。とくに、板垣が後ろ楯になり、田中が黒幕になって指揮した昭和十一年秋の内蒙古での綏遠事件は、広田首相・有田外相がどうにか軌道にのせようとしていた日中の国交調整を決定的に打ちこわしてしまった。

当時のにがい思い出がよみがえってくる。むしろ、広田が検事となって、彼等全部を槍玉にあげていいくらいであった。それを、彼等と並んで被告席に置かれている。

この箇所には、『落日燃ゆ』が広田弘毅を呼び戻した意味が凝縮されている。一括りに「A級戦犯」とされても、戦争犯罪の内容と、戦争責任の重さが同じというわけではない。広田を他の戦犯と分離し、彼を弁護することは、故人に対する確かな鎮魂になるだろう。当時、東京裁判の弁護団は、マッカーサーに対して死刑囚七人全員の再審要求を行ったが、結局却下された。だが、『落日燃ゆ』は文学を通して広田の再審を行ったのである。

しかし、同時に問わねばならないのは、伝記小説による再審の限界である。「一文官閣僚として何ができたというのであろう」と元首相で外相であった人物が擁護された際に、残された問題は、それでは、誰が責任主体になり得るのか、ということだ。

『落日燃ゆ』は、広田と対照的に関東軍や東条英機などを描くものの、彼らを責任主体とみなしているわけではない。その代わりに強調されているのは、広田が繰り返しつぶやいたとされる「長州のつくった憲法が日本を滅ぼすことになる」という言葉である。「統帥権の独立を認めた明治憲法が、いつか大きな禍いとなることを、広田は予感していた」と語られ、長編小説の最後も、明治憲法のために、軍人政治家たちが猛威をふるった結果、「背広の男広田という付録までつけて」死刑に処されたと結論づけられる。

そのうえで、明治憲法の終焉を告げるものとして、新憲法公布下の最初の総選挙が言及されている。戦争の原因を明治憲法と統帥権といった法制度の問題に帰す『落日燃ゆ』は、新たな時代への希望も新憲法に見いだしているのである。

一人の人物に焦点を当て、その一生を振り返る伝記小説が行う再審において、戦争責任の主体が不在であり、法制度が被告とされているのはアイロニーといえよう。明治の法体系を作り、強化し、悪用したはずの人々は、再審の被告として登場しないのだ。

第5章

経済大国と混迷する戦争裁判観
(1980年代)

巣鴨プリズン跡地に建設中のサンシャイン60
(1977年2月).

「バブル」、「ジャパン・アズ・ナンバーワン」、「経済大国」といったキーワードで語られることが多い一九八〇年代は、日本の近代観、戦争観、歴史観が大きく変容する時期であった。経済成長を背景に新たなナショナル・アイデンティティの構築が目指されるなか、明治以降の日本が歩んできた道のりが捉えなおされたのである。日本の独自性を見いだそうとする日本人論、日本文化論が盛んになったのもこの時期である。

こうした文脈において再び戦争裁判が注目された。戦争裁判は、戦争犯罪を問う過程において帝国日本の歴史を振り返り、帝国日本の戦争を「侵略戦争」と規定していた。この戦争裁判を捉え返すことが、新しいナショナル・アイデンティティを模索するうえで不可欠とされたのである。

どういう戦争裁判観が登場したのだろうか。戦争に勝った国が負けた国を裁いた不当な裁判という、いわゆる「勝者の裁き」論は、八〇年代に始まったわけではない。だが、占領期に行われた戦争裁判が日本人に歪んだ歴史観を植え付けたという「東京裁判史観」の形で広く認識されるようになったのは、この時期である。

さらに、戦争裁判の否定は、日本国憲法を含む戦後体制の否定へと拡張していき、九〇年代に現れる歴史修正主義の下地を作ることになる。学校教科書から中国華北に対する帝国日本の「侵略」という言葉が消え、「進出」へと書き換えられた教科書問題（一九八二年）は、その予兆であったといえよう。

八〇年代の文学者たちが書き残したものも、このような時代の要望（欲望）に照らして検討する必要がある。

1　ノンフィクションの時代と戦争裁判観の更新――大岡昇平『ながい旅』

八〇年代とノンフィクション

大岡昇平（おおおかしょうへい）「ながい旅」（『中日新聞』『東京新聞』朝刊、一九八一年九月九日―一二月二九日）は、BC級裁判（横浜法廷）で裁かれた岡田資という人物を扱ったノンフィクションである。公判以来三〇年も経ってから公開された裁判記録を米国立公文書館から取り寄せ、丁寧に読むことで書き上げた力作である。

ノンフィクションは、一九八〇年代に戦争裁判を再現するうえで、最も注目された形式の一つである。『生体解剖　九州大学医学部事件』（毎日新聞社、一九七九年）を書いた上坂冬子（かみさかふゆこ）が、立て続けに発表した「絞首台に消えたBC級戦犯者群像」（『小説宝石』一九八〇年九月）と「BC級戦犯とその妻」

（『小説宝石』一九八〇年一二月）がその代表的作品である。

また、第二章で取り上げた「壁あつき部屋」の監督・小林正樹（こばやしまさき）は、一九八三年にドキュメンタリー映画「東京裁判」を発表し、多くの注目を集める。例えば、七〇年代に「あるB級戦犯の悲劇」（『別冊文芸春秋』一九七五年三月―一二月）を書いた豊田穣（とよだじょう）は、映画「東京裁判」から多くの示唆を得て『小説・東京裁判』（講談社、一九八三年）を発表している。

八〇年代に歴史資料にもとづいて書かれたノンフィクションが流行るのは、戦争裁判に関する新しい資料が多く公開されたという現実的理由もあっただろうが、歴史を書き換えたいという時代の欲望に対して、フィクションより、ノンフィクションの方が適しているという判断もあっただろう。大岡昇平『ながい旅』を読む際にも、ノンフィクションというジャンルを通して再現された戦争裁判が、最終的にどのような歴史の更新を試みているのか、そのことに注意せねばならない。

なぜ岡田資に注目したか

『ながい旅』の冒頭で大岡は、前作『レイテ戦記』（中央公論社、一九七一年）で「内地の被爆状況と降伏に到るまで」の経過や、「司令官」以上の「戦う人間の内部」が描けなかったことを心残りにしており、そこで岡田資を思い出したと述べている。事件の概要とともに岡田資に注目した理由を端的に示している箇所を引用しよう。

〔元陸軍中将岡田資は、引用者〕第十三方面軍または東海軍管区司令官として、降下B29搭乗員三十八名の処刑の責任を問われ、昭和二十三年五月、B級戦犯として、横浜の連合軍軍事裁判所で絞首刑の判決を受けた。〔中略〕〔岡田は、引用者〕公廷でも降下B29搭乗員を取調べた結果、無差別爆撃を行なった者のみを処刑した、と主張した。そしてアメリカ空軍は、国際法に違反して、軍事目標ではない都市爆撃を行い、多くの非戦闘員を殺傷したことを立証した。これはこれまでにA級戦犯の市ケ谷法廷、また横浜法廷のその他の裁判でもなし遂げられなかったことであった。

東海軍司令官・岡田資中将は、空爆を行った米軍搭乗員の処刑を命令した廉（かど）で起訴された。捕虜問題は、BC級裁判で問われた「通例の戦争犯罪」のなかでも特に比重が大きかった。しかし、岡田は、国際法に違反して都市爆撃を行ったB29搭乗員は、捕虜ではなく、戦犯であると主張したのである。それを裏付けるため、岡田が米国弁護人とともに立証しようとしたのが、アメリカ空軍が行った都市爆撃の違法性であった。

つまり、大岡は、結果的にアメリカの戦争犯罪を追及していく方向へと展開するこの特異な裁判と、そこで国際法を盾にして闘った岡田資に注目したのだ。

『ながい旅』の記述的特徴

ノンフィクションの記述的特徴を明らかにするため、争点となっている無差別攻撃に関する部分を引用しよう。

「さんざん爆弾で人を殺しておいて、自分はパラシュートで降りて来て、助かろう、というのは、虫がよすぎるわね」

これが当時の主婦のいつわらざる感情であって、それはまた降下搭乗員を斬首した日本軍兵士のものでもあった。〔中略〕同じ昭和十二年七月、日中戦争がはじまった。日本陸海航空隊は、南京、漢口、重慶に無差別爆撃を行なった。日本人がはじめ米軍の無差別爆撃に対して、なんとなく、「戦争である以上、しようがない」と心の底で感じていたのは、戦争に勝つためには、何をしてもかまわない、という通念があったためだと思う。

捕虜の待遇に関するジュネーブ条約(一九二九年)とは別に、主婦や兵士といった普通の人々が捕虜に対してもっていた感情が語られている。重要なのは、続く記述がそのような感情を素直なものとみなし、捕虜の虐殺を肯定するのではなく、日本軍が中国で行った無差別爆撃を想起させる方へ向かうことである。大岡は、この法廷で問題になっているアメリカの違法性を強調することにとどまらず、無差別爆撃の被害国になる以前、日本が加害国であったことを明記するのである。

弁護側にも検察側にも寄り添わず、客観的であろうとする書き手の姿勢は、事後法に関する記述にも見いだせる。

（防衛総司令部が決めた「軍律」を記した後で、引用者）これは十月十五日のドゥリットル搭乗員処刑後に作られたので、「附則」の二で施行前の行為にも適用と書かねばならなかったのである。これは事後法といって、法律一般にかかわる禁止事項で、いかにも苦しい。もっとも国際戦犯裁判全体がこれは犯しているのだから、お互い様ではあるのだが。

木下順二『神と人とのあいだ』をはじめ、本書で扱った多くの作品は、ニュルンベルク裁判と東京裁判において「平和に対する罪」「人道に対する罪」が新たに適用されたことを事後法として批判した。しかし、大岡は、日本側が搭乗員を処刑してから事後法を作り上げたことを合わせて指摘し、事後法の問題を「お互い様」と表現するのである。

戦争裁判を描くに際して大岡が貫こうとしたのが、まさに「お互い様」という観点であり、それは、連合国と日本のどちらかを擁護するのではなく、むしろ、どちらの非も追及するためのものであった。

ただし、出来事を客観的に記述することは、書き手の主観や立場を隠すことを意味しない。大岡は、捕虜の虐殺について次のように書いている。

これら処刑の詳細は、私たちとして忘れたいところである。私たちはしかし人間がこのような状況の下では、こういうことをするということは、忘れないほうがいいと思う。読者にとって、不愉快かも知れない詳細を、当事者が述べたままに記しておく。

管区内の農村に降下した米搭乗員の中には、住民によってその場で殺された者もあったといわれる。

ここから具体的な状況が描写されていく。資料にもとづき、捕虜が虐殺される場面を詳細に再現することが、「読者にとって、不愉快かも知れない」ことを書き手は自覚している。だが、何を描き、何を描かないのかという選択を迫られた作家が、この場面を「忘れないほうがいい」と判断したため、出来事は、紙面に刻印されるのである。そのプロセス自体を可視化することも『ながい旅』の記述的特徴といえる。

ちなみに、事件を解明するうえで重要な人物であるにもかかわらず、O法務少将の文章は、「傷ましさと、死者のプライバシー尊重の念から、どうしてもここに写す気がしない」と記されている。ノンフィクションの読者が忘れがちなこと、すなわち、書かれているものは過去そのものではなく、書き手によって取捨選択され、編集された過去であることに注意を向けさせているのだ。

既存の裁判観に対する問題提起

それでは、記述の公正さを保ちつつ描かれる戦争裁判は、既存の裁判観に対してどのような修正を要請するのだろうか。

日本が無差別爆撃の被害国であると同時に加害国であったこと、事後法は連合国だけの問題でないことを明らかにしたことは、すでに指摘した通りである。だが、さらに注目すべきなのは、『ながい旅』に描かれる戦争裁判が、「勝者の裁き」という見慣れた認識を覆している点である。

『ながい旅』は、被告人の岡田資に焦点を当て、「司令官の証言」の章をクライマックスとしているが、同時に、重要な役を演じるのは、法廷で圧倒的な発言権をもつ米国弁護人・フェザーストンである。

「弁護側証人」の章でフェザーストンは、処刑された搭乗員が無差別爆撃を行い、国際法を犯した戦争犯罪人であったことを立証するため、被爆者たちを証人として召喚している。それに対して検察側は、戦争裁判が裁くのは、あくまでも日本の戦争犯罪であると抗議する。だが、フェザーストンは、証拠に立脚して事実を究明しようとする。そのことで明らかになるのが連合国の戦争犯罪であっても、である。

そして結局、裁判官によって検察側の異議は脚下され、フェザーストンは、米軍の加害性を追及することになる。本文には「五日もフェザーストン博士の爆撃報告の朗読は続いた」とある。「勝者の裁き」とは異なる裁判の様子といわざるを得ない。

『ながい旅』が多くの紙面を割きながら取り上げたもう一つの問題は、戦争裁判における天皇の不在である。一九四六年一〇月、東京裁判でキーナン検事が引用したＳＣＡＰ（国際検察局）の「天皇を追訴追しないとの方針を決定する」との声明が、BC級法廷でも行き詰まりとなり、大きな論理的矛盾を生み出したことが詳らかに描かれている。

検察官は、岡田に対して「あなたは方面軍司令官として天皇に会っている。捕獲された搭乗員の処置について、天皇と協議したことがありますか」と問う。岡田も他の証人も「統帥権と称する神秘的なものによって、軍律が無視できる」と証言しており、捕虜の処刑に対する責任の所在を確かめるため、戦時下の唯一の統帥権者であった天皇に言及するのは当然な流れである。問題は、それが占領政策に反することだ。

検察官「私は天皇を共同被告にするつもりはありません。三十八人のアメリカの搭乗員の処置について、天皇が特別許可を与えたなどとは言ってはいない。本官は被告が、搭乗員の処置について、天皇と総括的に話し合ったことがあるかどうか、と訊いているのです。東条の裁判で、天皇がどこまで開戦にかかわり、戦争を指導し、または講和の努力をしたかについて、多大の証拠が法廷に持ち込まれた。しかしあの裁判では、それは天皇が共同被告であることを意味しなかった」

天皇を被告としても証人としても戦争裁判に召喚しないと決めた占領政策のため、議論が捻じれ、結局、裁判長は天皇の話を中断させる。この事態に対して、大岡は、「天皇の地位は、B級裁判でも保護されていた」と書き込んでいる。既存の戦争裁判観を大きく書き換えるように展開した法廷も、最高責任者の不在という矛盾を前にして躓くしかなかったのである。

『ながい旅』の成果と限界

「勝者の裁き」という固定されたイメージを更新しつつ、天皇の不在という戦争裁判の限界を刻印してみせた『ながい旅』は、歴史的成果という面でも十分評価に値する作品である。事後法や連合国による戦争犯罪を根拠に、戦争裁判を否定し、裁判の意味を懐疑的に捉えるのではなく、限界があるからこそ、書き手が積極的に介入し、事実関係を客観的に補足しようとしたのである。

しかし、岡田資に焦点化される後半になるにつれ、『ながい旅』は、法廷の記録から岡田の伝記へと性質が変わっていく。判決前後に見せた岡田の立派な姿を日蓮宗信仰と結びつけ、英雄視する物語になっていくのである。

同時代にすでに大西巨人からの批判があり、大岡もそれを認めていた。「主人公に「情誼的」に対せることとの指摘、正確なり」、「総じて軍人と国家との関係、及び岡田資の英雄的生涯がビンタと食糧不足の兵の上に築かれあること、わが記述より洩れしこと自覚しあり」と大岡は記している［大岡、一九八二］。

遺族の助力を得ながら、一人の人物に焦点を当てた作品が「情誼的」になりやすいことは、その通りかもしれない。第四章で取り上げた、城山三郎がA級戦犯の一人である広田弘毅に焦点を合わした『落日燃ゆ』にも同様な問題が生じていた。

一方で、「無責任体系」(丸山真男)という言葉に象徴されるように、戦争裁判における指導者たちの責任回避が著しかったなか、「およそ内地方面軍で起った搭乗員処刑事件で、自分の責任であると言った」「唯一人」である岡田資を高く評価したかった大岡の心情も理解できなくはない。

いずれにせよ、大岡昇平がそれまで書いてきたもの、作家自身の経歴から考えても『ながい旅』が特異な位置にあるのは確かだ。周知のように、大岡は、戦争末期にフィリピンで敗戦を迎え、米軍捕虜になった経験があり、それを書いた「俘虜記」(『文学界』一九四八年二月)でデビューした作家である。その大岡が、なぜ、処刑された米軍捕虜でもなく、捕虜の処刑を実行せねばならなかった一兵士でもなく、それを命令した司令官の立場に立って事件を描いたのだろうか。兵士の観点で帝国陸軍の内務班を描いてみせた『神聖喜劇』(光文社、一九八〇年)の作家・大西巨人が大岡を批判したゆえんである。

現代にまで視野を広げると、『ながい旅』の評価は、さらに新たな批判に直面せざるを得なくなる。岡田資が一九三八年の中国で毒ガス戦の実行者であったことが明らかになったからだ。そのことに触れながら、角川文庫の解説を書いた中島岳志は、「人物や出来事は、視点のあり方によって、多様な相を見せる」といい、現代における意味が問われていると述べた[中島、二〇〇七]。つまり、『ながい旅』の成果は、固定的に評価され得るものではなく、書かれた時代を超え、歴史的時間にさらされ続けるのだ。

2 「勝者の裁き」論から「東京裁判史観」へ ——江藤淳『閉された言語空間』

ノンフィクションとして読む江藤淳

文芸評論家・江藤淳は、一九七九年から一九八〇年にかけてワシントンに滞在しながら占領期の研究を行っている。なかでも、占領期における検閲の準備過程や実行内容に関する研究の成果は、雑誌『諸君!』(一九八二年二月—一九八六年二月)に断続的に発表され、昭和の終わりという象徴的な年に単行本『閉された言語空間——占領軍の検閲と戦後日本』(文芸春秋、一九八九年)としてまとめられた。

江藤淳が精力的に取り組んだこれらの仕事に対して、吉本隆明は、「戦後の統治形態論」や「政治形態論」のようなものが知識人にとってどういう意味があるのかと懐疑的に問う。だが、江藤は、「私はこれが私にとっての文学だからやっている」と答え、「言葉によって生きている人間」にとって、「言葉を拘束しているものの正体」を見定めることが重要だと力説している〔江藤、一九八二〕。

検閲研究が進んでいる現在からすれば、言葉によって書かれた文学の研究が、言葉を拘束する構造を把握するのは当たり前に思えるかもしれない。だが、占領期研究が本格化しはじめた当時において、一次史料を駆使しながら戦後文学の「基本条件」を探ろうとする江藤の取り組みは新しいものだったにちがいない。

本章では、このような江藤淳の仕事も「文学」として扱うことにしたい。研究や批評として考えることもできるが、ノンフィクションの時代として一九八〇年代を捉え、大岡昇平『ながい旅』に続けて江藤淳の『閉された言語空間』を読むと、両者が同じ文脈に置かれていることに気づかされる。前者は、米国立公文書館所蔵の資料を用いてBC級裁判を再現しており、後者は、一九七九年に献呈式が行われたばかりのプランゲ文庫（引用者注：占領期の検閲を受けた書籍、雑誌、新聞といった資料が保存されているメリーランド大学の文庫）や国立公文書館分室から得られた資料を通して、占領期の言語空間を描き出しているのである。

場面の描写や会話文、筆者の位置などのスタイルからしても、江藤淳が書いたものをノンフィクションとして扱うのに無理はないと思えるし、東京裁判の再現に関しても、これまで本書で検討した表象史を踏襲した、馴染みあるものになっている。

しかし、江藤淳の『閉された言語空間』は、歴史をなるべく客観的に記述しようとする大岡昇平の姿勢と、「勝者の裁き」という戦争裁判観を覆そうとした『ながい旅』の内容とは、真逆の方向性をもっている。江藤は、煽動的な言葉を記述の戦略としており、むしろ「勝者の裁き」論を強固にするために検閲をはじめとした占領政策の批判を行っているのだ。

江藤が復元する東京裁判

東京裁判を扱った部分を中心に検討したい。

「東京裁判と「奴隷の言葉」」や「蘆花『謀叛論』も抹殺した東京裁判」といった初出誌のタイトルから明らかなように、刺激的な語彙を用いながら、江藤が主張する内容は次の通りである。CI&E（あるいはCIE、民間情報教育局）の「ウォー・ギルト・インフォーメーション・プログラム（江藤による訳説：戦争についての罪悪感を日本人の心に植えつけるための宣伝計画）」とCCD（占領軍民間検閲支隊）の検閲が、戦後日本の言語空間を拘束し続ける、ということである。

それを象徴する東京裁判は、「日本人から自己の歴史と歴史への信頼を、将来ともに根こそぎ「奪い」去ろうとする組織的かつ執拗な意図を潜ませていた」と説明される。奪われたとされている、日本人の「歴史と歴史への信頼」の内容は、江藤自身が復元していくので、確認してみよう。

まず、江藤は、東京裁判を描くにあたって東条英機の口供書を写す。日本の戦争が「侵略」でも「搾取」でもなく、「国家自衛」のためのものであり、国際法に違反しないと主張した口供書の末尾である。そのうえで、江藤は、証言台に上った東条英機と反対尋問を行うキーナン首席検事の会話を次のように再現する。

「首相として戦争を起したことを、道徳的にも法律的にも間違ったことをしていなかったと考えるのか、ここに被告としての心境を聞きたい」

と問い質したとき、東條元首相は、左手を証言台の上につき、胸を張った姿勢でキーナンに屹と向い合い、

「間違ったことはない、正しいことをしたと思う」

と、声高らかにいい切った。

米国検事に対して、東条英機が「胸を張った姿勢で」「屹と向い合い」、「声高らかにいい切った」内容とは、戦争を起こしたのは「道徳的にも法律的にも」「間違ったことはない、正しいことをした」ということだったのだ。約二年間にわたる東京裁判で数多くの証人や証拠が明かした残虐行為の諸相を聞いたうえでの、応答である。江藤が奪われたというのは、このような言葉なのである。

つづけて江藤は、東条の弁護人である清瀬一郎が長い序文とあとがきを寄せた読売法廷記者編『25被告の表情』(労働文化社、一九四八年)を取り上げる。多くの紙面を用いて清瀬一郎が管轄に関する動議を行う場面を描いた後、「清瀬動議は、占領中公表を禁じられたパル判決とともに、極東国際軍事裁判の合法性に対し、真正面から根本的な疑義を提出した歴史的な文書として、永く人々に記憶されるようになった」と加える。

一方で、占領期を支配していたという「奴隷の言葉」は何を指すのだろうか。江藤が例示するのは、人気を取り戻した東条や東条礼賛ともいえるような風潮を批判した『朝日新聞』(一九四八年一

月八日付)の「天声人語」である。江藤は、論拠を示さないまま、それが検閲の拘束を受け、占領当局によって「裁判の真の姿を隠蔽」するよう「指導」された「奴隷の言葉」だと主張する。

まとめると、江藤が復元した東京裁判の風景は、戦争裁判の不当さを強調し、日本の戦争を正当化した東条とその弁護人・清瀬、彼らの議論を裏付けるパル判決から構成されているのである。そしてそのような風景が、占領空間において奪われ、「奴隷の言葉」によって塗り替えられてしまったというのだ。

八〇年代的欲望

『閉された言語空間』では弁護側である清瀬の言葉が多く引用される一方で、検察側のキーナンの方はほとんど紙面が与えられていない。それこそ、江藤淳が再現した東京裁判の特徴と考えられるが、特に注意を払うべきは、江藤が「キーナン首席検事の劈頭陳述を支える史観」と呼応するものとして執拗に批判した新聞連載記事「太平洋戦争史」である。

江藤は、「大東亜戦争」という言葉を消して、「太平洋戦争」と書き換えさせた「太平洋戦争史」こそ、「戦後日本の歴史記述のパラダイムを規定するとともに、歴史記述のおこなわれるべき言語空間を限定し、かつ閉鎖したという意味で、ほとんどCCDの検閲に匹敵する深刻な影響力を及ぼした宣伝文書である」と述べる。

この批判には、占領が終わってから三〇年以上も経った時点において、なぜ江藤が占領政策の研究に取り掛かったのかを知る手がかりがある。そこには、「太平洋戦争」から「大東亜戦争」へと「戦後日本の歴史記述のパラダイム」を変えたいという、極めて八〇年代的欲望が反映されているといってよい。江藤は続ける。

なぜなら、教科書論争も、昭和五十七年(一九八二)夏の中・韓両国に対する鈴木内閣の屈辱的な土下座外交も、『おしん』も、『山河燃ゆ』も、本多勝一記者の〝南京虐殺〟に対する異常な熱中ぶりもそのすべてが、昭和二十年(一九四五)十二月八日を期して各紙に連載を命じられた、『太平洋戦争史』と題するCI&E製の宣伝文書に端を発する空騒ぎだと、いわざるを得ないからである。そして、騒ぎが大きい割には、そのいずれもが不思議に空虚な響きを発するのは、おそらく淵源となっている文書そのものが、一片の宣伝文書に過ぎないためにちがいない。

八〇年代に江藤が対決しようとしたのは、教科書論争、アジアに対する謝罪、戦争犯罪のさらなる追及といった状況にほかならなかったのである。

戦後日本の否定と「東京裁判史観」

江藤淳が指摘するように、言論の自由を根幹とする民主主義を、検閲と「指導」によって達成しようとした占領政策は矛盾に満ちている。本書の第一章で扱った同時代の言葉が、極めて制限された空間から発せられたものであったことも、その通りである。東京裁判そのものを構成する言葉も、それを報道するラジオや新聞などのメディアも、それを再現する文学も、検閲、もしくは自己検閲をくぐり抜けたものであったのだ。

しかし、江藤が言論統制それ自体を批判しているわけではない、ということには注意を払うべきである。統制された言葉が皆「奴隷の言葉」であるとしたら、戦時中における内務省の検閲と厳しい言論弾圧も批判しなければ論理的整合性に欠けるだろう。だが、江藤は、戦時中の可視化された検閲と、占領期の不可視化された検閲を対比的に捉え、前者については黙認する。そして八〇年代においてなお継続する自主検閲的な状況として挙げられるのは、天皇と皇族に対して、戦前の敬語を用いず、「現代感覚」に合わせることを奨励した毎日放送の「皇室関係用語集・改訂版」なのである。言論統制の中心であったはずの天皇というタブーは、江藤にとって当然のもの、むしろ取り戻すべきものであったのである。

つまり、江藤は、言論統制を批判するためではなく、占領期に形成された価値体系を否定するために、検閲を取り上げたと考えられる。結局、占領政策を根拠に、江藤が否定したかったのは、「太平洋戦争」、日本の戦争犯罪を追及した東京裁判、象徴天皇制と国民主権を刻印した新憲法など戦後日本そのものであったのだ。そして、経済大国となった八〇年代において彼が奪い返そうとしたのは、「大東亜戦争」、明治憲法、天皇や皇族に関する敬語であったといえる。失われたものを、占領の前に設定し、そこに理想を見いだしていたのである。

戦後日本の形成はすべて占領軍の政策によるものであり、日本人は操作され、洗脳されただけだという江藤の議論には明らかに無理がある。戦争が終わったことへの素直な安堵感やそこから生まれた厭戦の感情は、検閲があったという一事で否定できるものではないからだ。前述の対談で吉本隆明は、自らの経験として敗戦直後の解放感を述べていたし、一九八三年に行われ、木下順二も参加していた「「東京裁判」国際シンポジウム」で家永三郎(いえながさぶろう)は、戦争裁判が戦時中からすでに日本人(細川嘉六(ほそかわかろく))によって構想されていたことを明らかにしている。

江藤が戦争の最大の被害者であったアジアの人々を無視していることも看過すべきではない。彼は、勝者/敗者、占領者/非占領者、アメリカ/日本といった二項対立で世界を捉えており、前者が後者を裁いたものとして、戦争裁判を位置づけている。戦後は、アメリカと日本以外の国は入る余地もない排他的空間として、徹底して受け身の空間＝占領期としてのみ描き出されているのだ。

第二章の安部公房、第三章の堀田善衞、小田実が、アジアの観点から戦争裁判を捉えなおそうとしたことを考えると、八〇年代の江藤の議論は後退に見える。歴史や国際法など他の研究分野において、朝鮮人戦犯の存在に光を当てて植民地支配責任を問うた内海愛子の著書『朝鮮人BC級戦犯の記録』(勁草書房、一九八二年)が刊行され、八三年には前述の「「東京裁判」国際シンポジウム」が行われたことを考えると、より一層そのように思わざるを得なくなる。しかし、問題は、江藤が用いた史料の所在など論拠の再検証が行われている一方で、彼が重要な役割を果たした「東京裁判史観」は現在もなお広く一般に流通していることだ。

3　ポスト戦後文学――村上春樹「羊をめぐる冒険」

村上春樹「羊をめぐる冒険」

一九八〇年代がノンフィクションの時代であったことはこれまで確認してきた通りである。だが、それは、新しく公開された史料にもとづいて東京裁判の再現が試みられるこの時期に、フィクションが入り込む余地がなかったということを意味しない。むしろ、これまでの文学とは位相が異なり、フィクション性が極めて高く、戦争裁判を描いた文学として位置づけていいかどうか判断すら難しい文学が登場しはじめる。戦争裁判も戦犯も、歴史的出来事として描く対象になっておらず、点在する記号として用いられているような作品である。

代表的な作品として紹介したいのは、村上春樹(むらかみはるき)「羊をめぐる冒険」(『群像』一九八二年八月)である。仕事帰りにバーに寄ってオムレツかサンドイッチを食べる。時々学生時代に知り合った女性や離婚した妻を思い出しながら、新しい彼女と時間を過ごす。このように日々を送る「僕」にとって、戦争裁判や戦犯は無縁なものであるはずだった。しかし、それらは、やや退屈な日常のなかに唐突に入り込む異質なものとして、冒険の切掛けとして、重要な意味をもっているようにも全く無意味なようにも捉えられる形で、現れる。

物語の概要はこうだ。「僕」は、大学時代の友人と始めた翻訳事業を少しずつ広げ、いまや広告代理店の共同経営者になっている。ある日、「鼠」というあだ名をもち、かつて「街」から突然消えてしまった友人から北海道の消印付きの手紙を受け取る。「僕」は、その手紙に入っていた羊の写真を使って生命保険会社のＰＲ誌を作る。それから奇妙な男が店を訪れ、写真に写っている異色な羊を探し出すよう脅迫めいた命令をする。「僕」は、彼女と共に北海道に渡ることになり、「とにかく、そのようにして羊をめぐる冒険が始まった」わけだ。

A級戦犯という謎の記号

興味深いのは、奇妙な男と、その男が「先生」と呼ぶ人に「僕」がかかわりはじめてから、小説には無媒介に過去を連想させる比喩が多用されることである。例えば、男が「先生」の名前が書かれた名刺を相棒（「僕」の共同経営者である友人）に渡してはすぐ焼き捨てるように指示した後、「名刺が完全な灰になってしまうと部屋は大量虐殺の直後を思わせる重い沈黙に覆われた」（傍点引用者）という表現が続く。また、男が「僕」のところに寄こした車は、「その巨大な車はビルの玄関前の路上に潜水艦みたいに浮かんでいた」(傍点引用者)と表現される。過去、とりわけ戦争の記憶と強く結びつく比喩が、これから始まる冒険の予兆になっているのだ。

相棒が語る「先生」の経歴は、次のようのものである。

一九一三年に北海道で生まれ、小学校を出ると東京に出て転々と職を変え、右翼になった。一度だけ刑務所に入ったと思う。刑務所を出てから満州に移り、関東軍の参謀クラスと仲良くなって、謀略関係の組織を作った。〔中略〕そして中国大陸をあらしまわったあとで、ソ連が参戦する二週間前に駆逐艦に乗って本土に引きあげてきた。抱えきれないくらいの貴金属と一緒にね〔中略〕占領軍もA級戦犯で逮捕したものの、調査は途中で打ち切られて不起訴になった。理由は病気のためだが、このあたりはうやむやなんだ。おそらく米軍とのあいだに取り引きがあったんだろうな。マッカーサーは中国大陸を狙っていたからね〔中略〕巣鴨から出てくると、どこかに隠しておいた財宝をふたつにわけ、その半分で保守党の派閥をまるごと買い取り、あとの半分で広告業界を買い取った。

「先生」は、戦時中の国粋主義者で、戦後はA級戦犯として逮捕され、巣鴨にいたものの、不起訴となった人物だったのである。おそらく戦時中に中国大陸で得た情報をもって米軍と取り引きした結果であろうと推測されている。無事に戦犯から免れた彼は、秘匿した中国からの資金をもって保守党と広告業界を買収し、戦後日本の黒幕となったのだ。

この日本最大のフィクサーは、広告を通して出版と放送を押さえ、情報を統制しながら自由気ままに政治を動かしてきたという。「僕」自身も一助している広告の仕事は、絶え間なく変化する市場で人々の目を引くコピーを作り出し、実態のない言葉を大量に生産する八〇年代的雰囲気を象徴しているといえよう。

さらに、断片化した言葉は、もはや総体として歴史を記述する力を失ったと物語っているようである。「僕」の彼女が、身体から切り離された一部を商業的に活用する「耳のモデル」として設定されていることも助けて、フェティッシュな形でしか新しい物語が生成され得ないことを、あたかも予見しているかのようだ。

そしてこのような来歴をもつ「先生」の秘書である奇妙な男は、「僕」にさらなる情報を提供する。彼は、二・二六事件と時期を同じくした一九三六年に発症した血瘤（けつりゅう）が「先生」を大きく変えた（「先生」に「羊」が入った）と推測している。ちなみに「血瘤を最初に発見したのはA級戦犯の健康調査を行っていたあるアメリカ軍の医師で、それは一九四六年の秋だった。東京裁判の少し前だよ」とされている。その「先生」がいま死にかけており、「羊」の行方を捜すのが急務だというのである。

「羊」が象徴すること

荒唐無稽な話であるだけに、「羊」が何を象徴するのかをめぐって様々な議論が引き起こされてきた。詳細に検討する余裕はないが、「羊」が、戦時中から戦後へと連続する、右翼を支える思想＝「意志」を具現しているのは確かのようだ。それが、「東京裁判の少し前」に「A級戦犯の健康調査」で判明したにもかかわらず、上手くすり抜けられ、戦後日本を支配してきているのだ。

そもそも羊を探しに北海道へ旅立つ過程が帝国日本の植民地「開拓」をなぞっていることは多くから指摘されてきた。冒険が始まる前には、「僕」と名のない彼女たちとの関係が描かれていたのに対し、北海道に出かける直前に「僕」の飼い猫に「いわし」という命名が行われていたことを想起しよう。名付けは、関係の開始を象徴すると同時に、名付け以前の存在を黙殺する暴力性を孕む。まさに北海道は、すでに人々が生を営んでいる土地を「開拓」することの暴力性が刻まれた場所にほかならないのだ。

さらに、「僕」が北海道のあるホテルで出会う羊博士の来歴は、台湾、朝鮮、満蒙といった帝国日本の植民地経営を呼び起こしている点で重要である。エリート出身で農林省での経験を積んだ羊博士は、「本土と満州とモンゴルにおける緬羊増産計画の大綱をまとめた後、現地視察のために翌年(一九三五年、引用者)の春満州に渡った」時から転落しはじめたという。視察の際に、数日間行方不明になった羊博士が、羊と「特殊な関係を持った」という噂が流れるのである。それは、日露戦争以後、満蒙に対して帝国日本が主張した「特殊権益」を喚起する表現であり、羊博士が満州に赴いたのは、まさに、その「特殊権益」が満州事変に拡大した後のことなのだ。

「ポスト戦後文学」としての幻想文学

こうして帝国主義の領土拡張への欲望として読まれてきた「羊」は、羊博士に宿ってから一九三六年には「先生」に移り住み、やがては戦後日本を掌握するのである。そして、次の宿として狙われたのが「僕」の友人である「鼠」であった。小説の最後は、「羊を呑み込んだまま死んだ」「鼠」に「僕」が幻想的に再会する場面である。これで、戦後もなお引き継がれてきた帝国主義、植民地主義の根幹にある「意志」に終止符が打たれたことになるのだろうか。極めて抽象度の高い小説は、明確な答えや分かりやすい批評性を拒むように書かれているため、結論は出せない。

「先生」が当時ロッキード事件とのかかわりで連日報道されていた児玉誉士夫(こだましお)をモデルにしていることはすでに指摘されている。もちろん、あえて実在した人物の名前を用いないで展開するのが、この幻想文学の特徴であることはいうまでもない[坪井、一九九八]。

羊をめぐる冒険が、歴史的記号をちりばめながらも、ひたすら移動の過程や料理、音楽といったものを描きつづけることは、この小説がまさに、「羊」をめぐる冒険であり、「羊」へたどり着くものでないことを教える。言い換えれば、戦争体験のない世代にとって、歴史を召喚することは、もはや幻想を介在させずには不可能になっており、日常を生きる人々にとってほとんど冒険に化しているのである。その意味で、八〇年代の幻想文学は、「ポスト戦後文学」の始まりを告げる新たなジャンルであったといえよう。

改めてまとめると、八〇年代の文学者たちは、いくつかの方向で戦争裁判を再現していた。大岡昇平のように戦後文学を継承する作家もいれば、江藤淳のように占領期の言説空間とそこから生み出された戦後文学を否定する批評家もいた。また、村上春樹のような、既存の文学とは異なる、「ポスト戦後文学」というべき流れを作った新しい書き手も登場していた。

ちなみに、誕生年が早い順でいうと、大岡昇平が一九〇九年、江藤淳が一九三二年、村上春樹が一九四九年生まれである。作家がどのような世代に属しているかによって、戦時中の経験が異なるのは当然であり、敗戦と占領に対する見方も変わってくる。戦後生まれの作家が、戦争裁判に対してまったく新しいアプローチを試みていたのは、その証拠であろう。

しかし、戦争裁判を描くことで、最終的に何を行おうとしたのか、ということは、作家の世代も作品が書かれた時代をも超えて問わねばならない問題である。戦争のような暴力が再び到来することを防ごうとしたのか、そのような暴力が再発する論拠を提供してしまっているのか、を確認しなければならないのである。これから扱うのは、さらに現在に近い作品であるが、九〇年代以後もなおこれらの問いが重要であることに変わりはないだろう。

第6章
記憶をめぐる法廷
(1990年代から2000年代)

「女性国際戦犯法廷」で行われた起訴状の朗読. 東京・九段会館(2000年12月8日).

一九九一年一二月、韓国で初めて「慰安婦」の経験を公にした金学順(キムハクスン)ら三名が東京地方裁判所に補償の訴えを起こした。これを機に世界各地から戦時性暴力の被害者たちが次々と沈黙をやぶり、自らが経験した暴力を語り始めた。事後的な名付けではあるが、第二次世界大戦後初めて大規模に起こった、性暴力のサバイバー(生存する被害者)たちによる #MeToo 運動であったといえよう。

このように過去の戦争裁判でほとんど裁かれなかった戦時性暴力への再審が強く要請されたわけだが、日本政府は、サンフランシスコ講和条約や二国間賠償協定で賠償問題を解決済みだとし、繰り返し法的責任を否認した。補償を求める裁判も続けて敗訴した。長い沈黙を経て立ち上がった女性たちの声が再び封印されようとしたのである。

しかし、多くの人々に支えられ、彼女たちの声は消されることなく、歴史に刻印されることになった。世界各地で行われた聞き取りが証言集の形で刊行され、戦争裁判の再審は民衆法廷「女性国際戦犯法廷」(二〇〇〇年一二月)の形で実現された。癒えることのない痛みや幾度となく蘇る暴力の記憶に応答すべく、民衆による法廷が開かれたのだ。

民衆法廷が過去を裁きなおし、被害者たちの尊厳を取り戻すと同時に、進行中の暴力を抑止し、未来の戦争犯罪を防ぐことを目的としていたことは、注目に値する。一九九一年の湾岸戦争、ユーゴスラビアでの内戦に加え、九五年九月の沖縄で起きた米兵による少女暴行事件が象徴するように、暴力は決して過去のものではなかった。

さらに、二〇〇一年九月一一日のアメリカ同時多発テロ事件に続くアフガニスタン戦争、イラク戦争など現代の戦争状況が深刻化するなか、戦争裁判をどう継承し、残された証言にどう向き合うべきかという問いは、ますます切実になっていった。

一方で、「勝者の裁き」から「東京裁判史観」へと戦争裁判の意義を否定する流れは、この時期にいたって、侵略戦争とそれにともなった暴力をなかったことにし、被害者たちの証言を黙殺する極端なナショナリズムの形で現れる。一九九七年に結成された「新しい歴史教科書をつくる会」に代表されるような歴史修正主義者たちとの、記憶をめぐる闘いが始まったのである。こうした時代に、文学がどう応答していたのかを確認するのが本章の狙いである。

1　戦時性暴力の証言と文学——川田文子の聞き書き

証言を受け止める形式

戦時性暴力のサバイバーによる証言を前に、文学が直面せざるを得なかったであろう困難を想像することから始めよう。まず、当事者の声がもつリアリティーは、文学に何ができるのかという根本的な問いを投げかけたはずだ。そもそも文学は、証言を受け止めるのに適切な形式なのか、受け止めるだけの用意をしてきたのだろうか、という問題もある。いずれにせよ、確かなのは、埋もれていた暴力の実態が、生身の人間の声によって暴き出される過程において、既存の文学も修正、さらには解体を迫られたことである。

最初に検討したいのは、「聞き書き」である。第五章で扱った一九八〇年代のノンフィクションが多くの文献資料に依存していたのに対し、聞き書きは、聞き取りの現場で得られた、話された言葉を中心に据える。森崎和江（もりさきかずえ）や石牟礼道子（いしむれみちこ）を例に挙げるまでもなく、当事者の声を記録する古くから存在した様式である。その意味で、戦時性暴力の被害者たちの証言を受け止めるにあたって聞き書きが改めて注目され、この時代を象徴するようになったのは、自然な流れといってよい。

ただし、聞き書きを「文学」とみなすべきかどうかをめぐっては議論の余地がある。特に、文学を虚構（フィクション）という狭義の意味で捉えた場合、聞き取りの過程で書き留められた当事者の証言を「文学」というカテゴリーに入れること自体、侮辱と映るおそれがある。「証言」という言葉が証人の供述という法廷用語として広く使われているだけに、文学＝虚構の枠づけが、証言の信憑性を損なう方向へと作用しかねないのだ。

だが、聞き書きが当事者の声そのものではないことも自明である。聞き取りの現場における当事者の声は、書き手によって選ばれ、文字におこされ、解釈され、配置され、編集されてから読者の手に渡される。聞き取りの現場を知らない読者にも伝わるようにテクストは紡がれ、それを読むことで読者は、当事者の声を想像し、居合わせなかった場面に参入するのである。文学を書く、読む過程(もしくは意義)に極めて近い。

したがって、ここでは、聞き書きが「文学」であるかどうかを問うより、聞き書きに何ができるのかを考えたい。そのことで、聞き書きの可能性は、むしろ事実対虚構、歴史対文学といった図式では捉えられない現実を表現し、最終的にその図式を解体するところにあることが明らかになるはずだ[佐藤、二〇一九]。

『赤瓦の家』の特徴

川田文子(かわたふみこ)は、聞き書きを続けてきた作家である。代表作である『赤瓦の家——朝鮮から来た従軍慰安婦』(筑摩書房、一九八七年)は、植民地朝鮮に生まれ、沖縄・慶良間諸島の渡嘉敷島にあった慰安所に連行された裴奉奇(ペポンギ)との約一〇年間にわたる聞き取りを収めている。韓国で最初に「慰安婦」を名乗り出た金学順より早く、「慰安婦」の経験を記録した書籍として知られている。そこで川田は、裴奉奇の置かれた状況を捉えるため、裴にかかわりのある住民や元日本軍将兵らの証言を集め、沖縄研究と照合を行う過程で、植民地朝鮮の「慰安婦」問題だけではなく、沖縄戦や集団自決の状況も明らかにしている。最終的に『赤瓦の家』が浮き彫りにして見せたのは、一人の生に凝縮された帝国日本の暴力的構造そのものであったのだ。

聞き書きの特徴が象徴的に現れるのは、裴奉奇との出会いを描いた冒頭である。

ザクッ、ザクッ、ザクッ。

外でサトウキビを刈っている。薄い板壁を通して、小気味の良い切れ味の反復音が、作業をする人の息遣いまで聞こえそうなほど間近に聞こえる。時折、ザワザワッと反復音が乱れるのは、伐り倒したサトウキビを束ねてでもいるのだろうか。その音が、ポンギさんの小屋の低い屋根を覆う。

「盗み聞きしてる」

音に目をむき、ポンギさんは口をつぐんだ。

サトウキビを刈る音に始まっている点が興味深い。「外」から聞こえてくる「ザクッ、ザクッ、ザクッ」という音は、それを「薄い板壁」を隔てた小屋の内で聞いている者たちに、同じく認知されているのだろうか、という問いを発しているからだ。その音は、この文章を書いている川田にとって「小気味の良い切れ味の反復音」であり、サトウキビを収穫する生々しい生活の音にすぎない。しかし、裴奉奇にとってその音は、語りを中断させるほどの脅威である。長い間、語ることのできなかった暴力の経験を、誰かに盗み聞きされているかもしれないという不安が彼女の口を閉ざすのだ。

そして「盗み聞きしてる」といわれた川田は、いつも一人で静かに暮らしている小屋から洩れている声を聞こうとした家主の立てた音なのか、裵奉奇の思い過ごしなのか判断に迷いながらも、身構えた裵につられ、小屋にまとわりついている音を共に感じはじめる。それまで川田の感覚によりそって読み進めた読者もまた、「盗み聞きしてる」という裵の声に驚いたにちがいない。こうして平和な農作業の音は、不穏な音として、再び裵奉奇―川田―読者に共有されることになるのだ。

ここでは冒頭しか確認していないが、本文中には、裵の過去が物語のように再現される場面がある。しかし、その場合も、予告なしに「　」または、――とともに裵の声が入ってくる。唐突なだけに強烈な声の介入を通して、いま読んでいるのが川田の文字である以前、裵の声であったことを読者に気づかせ、語られた過去も単なる過去ではなく、聞き取りの現在時においてたぐり寄せられた記憶の断片であることを読者に突きつける。このように聞き取りの現場に読者を取り込もうとする『赤瓦の家』の記述的特徴は、川田が書いた他の聞き書きにも踏襲されている。

世界中の声を読者に届ける

長年の聞き書きが「慰安婦」をはじめ、世界各地で行われた戦時性暴力の実態を明らかにする形でまとめられたのが『イアンフとよばれた戦場の少女』(高文研、二〇〇五年、『イアンフ』と略す)である。『イアンフ』には、前掲の『赤瓦の家』に続き、川田が九〇年代に発表した『皇軍慰安所の女たち』(筑摩書房、一九九三年)、『戦争と性――近代公娼制度・慰安所制度をめぐって』(明石書店、一九九五年)、『インドネシアの「慰安婦」』(明石書店、一九九七年)の成果が踏まえられている。

『赤瓦の家』の裴奉奇をはじめ、中国の慰安所で七年間を過ごした宮城県在住の宋神道(ソンシンド)、南京や中国・山西省、インドネシア、サイパンのサバイバーたちの証言が綴られている。このような編集によって、世界中から戦時性暴力を告発する女性たちのつながりが見え、連帯の可能性が示唆されている。その意味で #MeToo 運動のテクスト化といえるかもしれない。ちなみに、中国の戦犯管理所で行われた「認罪学習」と供述書など、加害者側である日本軍の記録と証言にも一章が当てられている。

いくつかの場面を確認しよう。中国の慰安所で生まれたばかりの赤ん坊を人に預けてきた宋神道は、中国残留孤児のテレビ報道を見る度に子供と再会する場面を想像してしまう。それに対して川田は、次のように書いている。

ありえないことですが、仮に子どもが宋さんを探し当ててきても母親だとはいえないかもしれないと、私は思いを巡らしました。宋さんは母親だといえば、その子が、慰安所で日本兵との間に生まれたことを説明しなければならなくなります。(中略)宋さんは、右の耳が聞こえません。時々、話をはぐらかされることがありました。それは、私の問いが聞こえなかったからではなく、胸の奥底に封じてきた悲しい記憶であることに、しばらくして気づきました。

聞き書きにおける「私」＝川田文子が単なる聞き手ではないことは明らかである。川田は、宋の話を聞き書きながら、万が一子供との再会が叶ったとしても、その子供が受け止めなければならなくなる現実の過酷さを想像する。そのことを宋に直接語らなかったかもしれないが、聞き書きには積極的に残し、読者に問いかけている。

さらに、川田は、宋が時々話をはぐらかしたのが右耳の問題に起因しているのではなく、語れない悲しい記憶に触れられたためであろう、と解釈している。聞き取りが重なり、宋の経験に触れるにつれ、川田に分かってきたことが、読者にも共有されるのである。読者は、宋が問いをずらすことで、言葉にすることが到底できない暴力の記憶から、かろうじて自分を守っていたのだろうと頷きながら、同時に、ここに書かれているのは、彼女が語り得た一部の暴力でしかないことに気づかされるのだ。

次は、南京で数え八歳の時に被害を受け、両親を亡くしたサバイバーの記録である。

「父親のことを思うと泣いて泣いて、六〇年余の時間を泣き暮らしました」

大きな身体を丸め、幼子のように泣きじゃくりながら嗄(しわが)れ声で語りました。父親は明貞さんを日本兵から守ろうとして殺されました。六十数年間、自分のために父親は殺されたのだと反(はん)芻(すう)し続けてきたのです。

> 明貞さんの話は、南京虐殺紀念館の一室で聞きました。明貞さんは、その後の人生を変えてしまった日の記憶の中を浮遊するような、おぼつかない足取りで帰って行きました。

それまで楊明貞が経験した壮絶な暴力を読んできた読者は、当事者の語ったという「 」に括られた言葉に直面する。どういう声だったのか、どういう身振りでそれは語られたのか、を教えてくれるのは、ここでも川田である。「南京虐殺紀念館の一室」で行われた聞き取りを再現するにあたって、川田は、「大きな身体を丸め、幼子のように泣きじゃくりながら嗄れ声で」語っていた楊の様子を描写し、「おぼつかない足取りで」帰る姿を読者に伝えるのである。そのことを通して、おそらく多くの読者は行ったこともない場所において、楊を眺めているかのような錯覚に陥るのだ。

代替不可能な経験の翻訳

一九九三年にインドネシアで初めて「慰安婦」被害を名乗り出たマルディエムの場合はどうだったのか。

> 一一番の部屋のモモエであった頃の記憶が蘇ると、何度追い払っても次から次にいやなことが思い出され、はてしのないどうどう巡りに陥ってしまうというのです。通訳の木村公一さんは、日本語にないそのことばを訳すのに窮して、その「どうどう巡り」を「悪魔の輪廻（りんね）」と表現していました。

暴力の経験を言葉にすることの困難、さらに、その表現を聞き取り、適切に翻訳して伝えることの、不可能に近い難しさが伝わる箇所である。同時に、本来、翻訳不可能な他者の痛みに、何らかの表現を当て、伝えようとする人々の強い意志が読み取れる。

繰り返し蘇る暴力の記憶に苦しんでいる宋と楊、マルディエムには共通するものがあり、それを性暴力によるトラウマ(PTSD、心的外傷後ストレス障害)とみることができよう。しかし、『イアンフ』は、彼女たちの置かれた状況に共通点を見いだしつつも、それぞれの経験がもつ個別性や固有性を決して手放さない。

想像するに、タイトルに用いられたカタカナ表記の「イアンフ」には、まさに似ていながら異なる、代替不可能な彼女たちの経験をあえて翻訳した、という意味合いがあるかもしれない。そもそも彼女たちにとって「イアンフ」という言葉は、意味の捉えられない外国語であったはずである。だが、彼女たちが経験した暴力を集約する言葉として、「イアンフ」は使われていたのだ。

一方で、現在の彼女たちは、各国のお年寄りの女性を指すハルモニ(朝鮮語)、大娘(ダーニャン、中国語)、イブ(インドネシア語)という言葉で呼ばれている。これらの表現と、タイトルの「イアンフ」という表記によって、読者は、今読んでいる日本語の書籍が、世界各地から発せられた声の翻訳であることを改めて意識せざるを得なくなる。

存在証明としての写真

最後に『イアンフ』の特徴として挙げたいのは、被害者たちの写真が多く掲載されていることである。写真は、聞き書きが読者によってどこか遠い物語のごとく消費されることを、必死に引き留めているかのように付されている。

例えば、娘の反対を押し切り、病身の身体で長時間をかけて聞き取りに応じた楊喜何の写真には、「提訴して約一か月後に逝去」という説明書きがある。それから「自分のことだから話さないと気がすまない。本当にひどかったんだ。年をとってしまって何もいわないでいれば、何もなかったことになる。それは事実ではない。だから、裁判したいんだ」という言葉が続けて引用されている。ここで写真は、人生の後半において、自分が経験した暴力が「なかった」ことにされることに抗った、彼女の確かな存在証明になっている。

写真に関するもう一つの場面に触れたい。インドネシアのスハナは、突然姿を消した自分を探しにきた父が日本兵に殺されたのを知り、精神錯乱に陥ったという。

語り終えて、私の手をとり、部屋の隅に行って、服をたくしあげ、手術痕を見せ、写真を撮れとゼスチャーしました。あまりにも無残なその傷痕を、私は咄嗟にどのように撮ればよいのか判断できず、たった一回シャッターを押しただけです。

突きつけられた暴力の傷跡を前にして川田にできたのは、「一回シャッターを押した」ことである。かろうじて川田が撮った、『イアンフ』に掲載した写真は、彼女らの存在を証明しているものの、彼女らの経験した暴力を収めるにはほとんど無力であったのだ。読者が眼にしているのは、そのような暴力の断片である。

聞き書きは、聞き取りの現場に居合わせなかった読者に当事者の声を届けるよう工夫されたテクストであると同時に、そのようにして分有した痛みが、当事者の経験のごく一部でしかないことを繰り返し強調するテクストでもあるのだ。

聞き書きという空間

「『赤瓦の家』の復刻にあたって」(『新版　赤瓦の家――朝鮮から来た従軍慰安婦』高文研、二〇二〇年)で川田は、「結果的には、東京の三人の弁護士にも相談したが、提訴には至らなかった」事情を説明している。しかし、一九九一年一〇月に亡くなった裵奉奇の遺志は、同年一二月に東京地裁に提訴した韓国の金学順等によって引き継がれたと述べている。

実のところ、『イアンフ』には、提訴に至らなかった人や提訴してまもなく亡くなった人が登場しており、最後は、宋神道の裁判で結ばれている。証言がリレーのように引き継がれ、再審を請求し続けることを象徴しているかのようだ。

つまり、聞き書きに収められているのは、法廷で発せられなかった、もしくは採択されなかった証言であると同時に、次の法廷へつながる証言である。だが、法廷に間に合わなかった証言も、聞き書きという場が確保されたことで、記録され、読まれ、受け継がれることができる。ぎりぎりの時期に、かろうじて聞き取られた被害者の声を受け入れる空間として、聞き書きの存在意義は大きかったといえる。

こうした聞き書きの読者に要請されているのは、それを法廷で提出された「証拠資料」として扱い、検証することだけではないはずだ。残された声を引き継ぎ、現在そして未来の暴力を阻止することこそ、求められているはずである。

『イアンフ』のあとがきにおいて川田は、イラク戦争の事例を挙げながら、「六〇年以上前に日本軍が犯した残虐行為と同じような行為」が行われていると批判した。また、歴史教科書から「慰安婦」についての記述を削除しようとする人々の「戦争に強姦はつきもの」といった発言に言及し、性的虐待行動がしばしば起こる現象であったとしても、「だから、戦地での強姦は大目に見、慰安所があってもよいと考えるのか、侵略戦争はしない、絶対に加担しないという立脚点に立つのか、決して誤ってはならない選択です」と突きつけた。読者に迫られているのも、まさに、この選択にほかならない。

2　普通の人々を巻き込む再審――井上ひさしの東京裁判三部作

トラウマの分有を諦めた読者へ

川田文子の聞き書きを読み、性暴力の被害者たちの声に耳を傾けることは大切であるし、今を生きる人々の義務でもある。しかし、彼女たちを知りたいと思う読者は、彼女たちの経験した暴力を読み、痛みを想像することで、間接的にではあっても必然的に、傷つくことになる。ゆえに、当事者の苦痛と比較するなど到底できないにしても、その経験に近づくことに耐えられない読者が出てくる可能性はある。

トラウマの分有を諦めてしまった読者にも、そもそも戦争や戦争裁判に無関心な読者にも参加できるような再審の舞台を創ろうとしたのが、井上ひさしである。法的・歴史的知識をもたない人々に分かりやすく、最後まで関心を持たせるために、ユーモラスな雰囲気のなかで問題に迫っていくのは、井上が得意とするところでもある。

扱うのは、戯曲「夢の裂け目」(『せりふの時代』二〇〇一年八月)、「夢の泪（なみだ）」(『新潮』二〇〇四年二月)、「夢の痂（かさぶた）」(『すばる』二〇〇六年八月)である。これらは、東京裁判三部作と括られているにもかかわらず、第四章で扱った木下順二の戯曲とは対照的に、三作とも東京裁判そのものを描いていない。

では、東京裁判の代わりに何を描いているのか、それが重要になる。

「夢の裂け目」の家庭法廷

第一作目「夢の裂け目」の最初は、天声(田中留吉)という紙芝居屋を中心に、東京裁判と無関係に生きている「フツー人」の生活が描かれている。紙芝居のネタを盗んだ人に対して「C級やB級じゃなくてA級の戦犯だな」と罵ったり、「紙芝居の絵のほうではテンノーヘーカみたいなお方」と紹介したり、「フツー人」にとってみれば、戦争裁判も天皇も比喩でしかない。

普通の人々にまで東京裁判の影が忍び寄るのは、GHQの国際検事局から天声に出廷を命じる速達が来てからだ。「紙芝居が日本のアジア侵攻の道具に使われたのではないか」と疑っている検察側が、戦時中、陸軍と協力して紙芝居工作隊を組織した天声を証人として召喚したのである。あくまでも検察側証人として呼ばれており、自分が裁かれることがないと分かった天声は、東京裁判の舞台に立つことで町の評判になり、紙芝居の商売につながることをかえって喜ぶ。そして気合が入った天声は、証人役を見事に演じたいがゆえ、予行演習を提案するにいたる。

事前に作成した口述書と「証人心得」にもとづき、家の人々の手を借りて行うこの予行演習こそ、「夢の裂け目」のクライマックスといえる。なかでも、天声の妹である君子と柳橋の置屋で一緒にお酌をしていた友人の妙子が、占領地であるスラバヤの遊郭にいたジェニィという「ジャワ娘」を懐かしむ男たちを責める場面は見どころである。

君子　〔前略〕兄さんが検察側の証人だなんて、なにかのまちがいなんじゃないの。

妙子　親方も先生も、東条さんと並んで被告席に坐るほうがお似合いですよ。

天声　……なんだって？

妙子　ひとをひどい目にあわせておいて自分はひどい目にあわなかった人間だからですよ。

以下、君子と妙子の連射砲。

君子　塚原をたらしこめっていったのはだれ。

妙子　妹を道具に使ってひどい目にあわせて、

君子　軍に紙芝居工作隊を作らせて、

妙子　軍の威光を冠（かさ）にきて、

君子　べらぼうな日当をもらって、

妙子　スラバヤの吉原でお金をばらまいて、

君子　女の子を思いのままにして、

妙子　なにが、スラバヤジェニィですか。

戦時中、軍部に取り入らないと紙芝居屋をやっていけないと見た天声は、妹の君子を陸軍省情報部の少佐・塚原に押し付けていた。その後、塚原は、サイパンで「玉砕」している。君子と妙子は、家のなかでも女を「道具」のように使っていた男たちが、戦争に協力し、人々を煽動することで膨大な利益を得、占領地ではその金で住民の女性を「思いのままにして」きたことを告発し、彼らが「東条さんと並んで被告席に坐る」にふさわしい人物だと訴えるのである。東京裁判のための予行演習は、いつのまにか、女性たちが検察の役割を担って、男性たち＝被告の責任を追及する「家庭法廷」の様相を帯びるのである。

普通の人々を再審する

しかし、この構図は安定しておらず、つい先程まで検察側にいた者が次に被告側に回されてしまう始末である。自分を請け出した男の誘いで上海に行った妙子は、次のように問い詰められる。

孝　チョビ髭おやじの誘いに乗って、のこのこよそへ出かけて行って一山あてようとするから、そういう目にあうんです。
妙子　上海は、よその国？
孝　日本語が通じましたか。
妙子　日本人街ではツーといえばカーよ。
孝　日本人街の外では？
妙子　そりゃ通じないけど。

孝　（ピシャリと）だったら、そこは、よその国ではないですか。
妙子　（詰まって）……なによ、裁判所の検事みたいにエラソーな口を利いて。〔中略〕
孝　正論を云っただけです。
妙子　戦争中は云えなかったくせに、いまさらなーに。証文の出しおくれよ。
君子　裁判なら証拠の出し損ない。徴兵逃れの映写技師がいまになってカッコつけないでちょうだい。

妙子自身もまた帝国日本の一員として占領地に行き、利益を得ようとしたことに無自覚であったのである。このように続く予行演習は、「フツー人」の誰一人も、戦争責任から自由になれないことを突きつける。「証文の出しおくれ」や「証拠の出し損ない」といいながら、家族や知人といった身近な人々が互いの過去を裁く予行演習は、実際の戦争裁判では「被告」にならなかった普通の人々を裁く仕掛けであったのだ。

結局、実際の東京裁判で天声がどうふるまったのかは省略されたまま、「夢の裂け目」の後半は、紙芝居で長らく実演してきた物語を通して、天声が東京裁判の政治性を見抜くという展開になる。文学を通して世界を理解することの可能性が、メタフィクション的に提示された箇所でもある。

天声が発見したというのは、東京裁判が「日本のお国柄とフツーの人たち、そしてテンノーヘーカを守るために、戦前戦中のすべての悪事を」「東条大将と陸軍にそっくりかぶってもらおうという」「アメリカと日本のお偉方による大合作」であったということだ。この解釈を付けて紙芝居を行った天声は、占領目的妨害罪に問われるが、それがかえって彼に確信をもたせる。

まとめると、日米の政治的合作による占領政策の一環として、天皇と普通の人々を免罪した現実の東京裁判に対して、「夢の裂け目」は、予行演習という虚構の法廷を設け、普通の人々の罪を再審すると同時に、裁判の限界を明るみに出したのである。ちなみに、天皇の再審は、三作目をまたねばならない。

「夢の泪」の弁護演習

二作目の「夢の泪」は、東京裁判の被告弁護人(補佐)になった女性弁護士・秋子を登場させている。だが、被告である松岡洋右の肺結核が悪化したため、主任弁護士を除く弁護スタッフは解散させられてしまい、秋子の出番はない。今回も、東京裁判そのものより、被告を弁護するために行われる「弁護演習」の過程こそが重要になるわけだ。

そもそも秋子が松岡洋右の弁護人として設定されたのは、彼が「日本が国際連盟を脱退したときの立役者」であり、「ドイツとイタリアとの間に三国同盟が成立したときの推進役で、当時の外務大臣」だったからである。

弁護にあたって秋子は、松岡が長引く日中戦争を打開し、中国大陸をめぐってアメリカと対等な立場で外交交渉を行うために、三国同盟および日ソ中立条約を考えるにいたったという論理を用意する。それを聞いた竹上という年配の弁護士は、九〇点といい、秋子もすぐ自分の弁論に「大きな穴」があったことに気づく。日中戦争が自然現象でないかぎり、その戦争を引き起こした責任が問われるだろうということが分かってきたのである。一九二八年のパリ不戦条約に加わっていた日本がその後に起こした満州事変、上海総攻撃、国際連盟脱退、上海事変といった「条約違反の連続」が問題になるだろうと、秋子は捉えはじめる。

要するに、「夢の泪」は、主人公を東京裁判の被告弁護人にすることで、「弁護演習」という疑似法廷を設け、①日本側が主張するであろう、戦争を正当化する論理を提示しては、②その矛盾に自ら気づいていくという仕組みを作ったのだ。

このような演習を重ねるうちに、弁護しきれない問題が出てしまい、最終的に弁護しなければならないのは、松岡だけでなく、国際連盟と不戦条約で武力を禁じ合うという第一次世界大戦後の世界情勢に「無知」であった、「わたしたち自身」になってしまう。ここでも、戦争責任は、A級戦犯のみならず、普通の人々のレベルで問われているのである。

しかし、松岡の病状が悪化したため、東京裁判で松岡や「わたしたち」を弁護する必要はなくなる。戸惑う秋子たちに、娘の永子は、次のように語る。

永子　連合国に……というか、ひとさまに裁いてもらっても仕方がないんじゃないかしら。ひとさまに裁いてもらうと、あとであれはまちがった裁判だった、いや、正しい裁判だった……

そういって争うことになるでしょう。

秋子　じゃあ、だれが、だれを裁くの？

永子　（考え考えしながら）……わたしたちが、わたしたちを……。

主体的に戦争裁判を継続していかなければならないという強い意志が、母から娘へと引き継がれる。このことこそ、「夢の泪」の結論なのだ。

朝鮮人と日系二世の物語

さらに「夢の泪」の特徴として注目すべきは、東京裁判の他にも、いくつものストーリーが同時進行していることである。兵役に取られ、広島で被爆した夫をもつナンシーとチェリー（占領軍将校クラブの専属歌手）の物語、秋子の娘である永子とその幼なじみである朝鮮人・片岡健の物語、日系一世でいまはGHQ法務局で法務官を務めるビル小笠原の物語が同時に展開されるのである。

とりわけ、いわゆる「日本人」の枠組みに入らない朝鮮人の健と二世のビルを登場させることで、新たに提起することができた問いを確認しておこう。

健の父は、植民地朝鮮で「村ごと日本人地主に買い上げられて年貢が上がった」ために「内地」に来た人物である。「戦争が終わって、駅の空地で闇商い（やみあきな）を始めたのがその朝鮮人人夫たちのおかみさんたち」であり、「朝鮮人の仲間の世話焼きになった」健の父は、やがて片岡組組長になる。敵対する尾形組(日本人)によって健の父は負傷するが、警察が動かないため、法律相談に秋子たちの事務所を訪れる。

相談の結果はこうだ。戦前にも「大日本帝国憲法が適用されていなかった」朝鮮人は「半、日本人」だったわけだが、戦後、この朝鮮人をいわゆる「外国人」として扱えば、賠償金や補償金、朝鮮に帰るまでの旅費を日本政府が負担しなければならなくなる。また、戦時中に連行されてきた朝鮮人は、炭鉱や造船所の重要な労働力であるので、それを利用したいGHQ側も朝鮮人に足止めをかけ、放置しておいた方が利益になる。しかし、あまり「力を持たれては困る」ので、日本の警察とGHQが暴力団と一緒になって、朝鮮人の勢力をけん制しているという。こうした複雑な説明を聞いた健は、帝国同士の結託でもう一度植民地の人々が「捨てられた」ことに絶望する。

一方で、ビルの父は、明治の末に広島からカリフォルニアに渡り、トラック運送業で小さな成功を収めていた。しかし、太平洋戦争の開始以降、日系市民が強制収容所に放り込まれてしまった。「その数十二万。大統領命令によって、つまり法律の名によって放り込まれた」とビルは述べている。彼は、「アメリカで生まれて……憲法を受け入れる者は、だれでもアメリカ市民である」という合衆国憲法を根拠に憲法違反を主張したが、日本軍と闘うことで「アメリカ市民」であることを証明するよう言われる。そして同じく憲法の前文にある「アメリカ市民はともに力を合わせてアメリカを守ること」というところに依拠して、ビルは、軍に志願することになったのである。

この二人を登場させることで、「夢の泪」は、少なくとも二つの問いを投げかけている。

第一に、問われるべきは、連合国と日本の戦争犯罪だけではなく、連合国対日本という構図が見えなくしていた存在に対する責任でもあるということだ。象徴的な場面がある。秋子の夫で同じく被告弁護人を務めている菊治は、原爆と無差別爆撃を取り上げ、「殺した方が殺された方を裁くなんて、逆さまな話ですからな」と主張した。その父に対して娘・永子は、「健ちゃんのお父さんたちのことはどうなるの」と問い、秋子は、「こちらは、日本が裁かれなければならない」と答えるのである。

第二に、健とビルは、「法」を絶対視することに留保をつける。秋子は、東京裁判の意義を「平和に対する罪という考え方が、かならず、それもはっきりと確立する」ことに求め、「紛争や揉めごとを武力で解決しない、すべて平和的な話し合いで解決する」ことが「これからの常識」になるだろうと考えていた。「いま、日本を平和に対する罪で裁こうとしている連合国、たとえば、アメリカでもどこでもいいけれど、その国は、逆に自分の裁いたことに縛られる」という国際法の可能性を夢見ていたのである。しかし、植民地における法的地位の曖昧さが戦後に持ち越されたことの暴力性を訴える健と、法のもとで理不尽な抑圧を受けたビルの存在は、法の限界を見据えたうえで、法を監視していく必要性をさらに強調するのだ。

「夢の痂」の予行演習

前の二作では、検察側証人や被告弁護人といった形で東京裁判と何らかのかかわりをもつ人々が主人公であったのに対して、「夢の痂」は、「この第三部には、東京裁判のとの字も出てきません」という井上の言葉通りである。

描かれるのは、天皇の巡行である。「夢の痂」は、東京裁判が開かれる最中、出来たての象徴天皇制を背景に、東北地方を訪れた天皇に触発された物語である。ちなみに、日本国憲法が施行されるのは一九四七年五月三日であり、天皇が東北地方の巡行を行うのは、同年八月五日から一九日までである。

今度も「予行演習」という仕掛けがある。天皇の宿泊所に選ばれた東北の旧家・佐藤家(「佐藤織物株式会社」)において、「極秘　東北御巡幸行在所心得」にもとづき、「仮の天子さま」を立てた予行演習が行われるのである。

「仮の天子さま」役を担うのは、徳次という人物である。徳次は、敗戦責任を負うべく自殺しようとして失敗に終わった、元大本営参謀である。生き延びた徳次は、兄の骨董店の仕事で佐藤家に屏風を売り、展示を手伝っていた。戦時中に何度も天皇に会っていた経験からこの役を引き受けたのである。

日本語文法と昭和天皇

天皇を迎えるための準備を、一瞬にして東京裁判の再審へと変えてしまうのは、佐藤家の長女・絹子である。

女学校で国文法を教えている絹子は、授業で学生とともに敗戦の日の意味を文法で捉えるなど、文法が「世界を読むこと」の「仕掛」だと考えている。予行演習を準備する過程で、絹子は、登場人物が現に発している言葉を例に「日本語には主語がない」と説明する。そこへ突然天皇になりきった徳次が現れ、「そういう言語学関係の研究はとくにしておらないし、学者によってもいろいろ意見のあることだから、こういう席上で答えられません」といいだす。

続けて「日本語では状況が主語」であると解説しながら絹子は、戦時中、まさに今流行りの「民主」という思想をもったが故に戦地へ送られ、餓死してしまった恋人の清作について語る。そこで再び現れた徳次は、「やむをえないこととはいえ、かわいそうなことをしたとおもいます」と発言するのである。

いうまでもなく、絹子が文法を説明する度に、唐突に介入する徳次の言葉は、昭和天皇のパロディである。一九七五年一〇月三一日、昭和天皇と皇后の、訪米後の公式記者会見において日本人記者は、ホワイトハウスの晩餐会で「私が深く悲しみとするあの不幸な戦争」と述べた天皇の言葉に言及しながら、「あれは天皇陛下が戦争責任をお認めになったものと解釈していいのでしょうか」と質問した。それに対して天皇は「そういう言葉のあやについては私は文学方面の研究をしていないのでお答えできかねます」と答えたのである。

前述された言葉を「そういう」という連体形でまとめ、「言葉」には「のあや」という文節をつけ、「文学」という名詞に「方面」という名詞をくっつけて境界を不確かなものにし、動詞の「ます」形に「かねる」を接続して不可の婉曲な表現を生み出す。問題は、言葉が指し示す意味内容を最大限に不鮮明にするよう駆使された文法で避けようとした質問が、少しも曖昧なところのない「天皇陛下が戦争責任」を認めるか否か、であったことだ。

同会見でこのような文法を総動員させていた昭和天皇が、広島の原爆投下について「遺憾に思っている。戦争中のことなので、広島市民には気の毒なことであるが、やむをえなかった」と答えることで、曖昧な日本語表現は完成を見る。広島に原爆が投下された時、大元帥であった天皇が「やむをえなかった」と発言する。出来事の被害者を前にして、責任の主体を空白にしたまま、「遺憾」、「気の毒」といった感情表現のみを並べる。戯曲が問題視した日本語文法の特質は、昭和天皇の言葉に凝縮されていたのだ。

責任の体系を立て直す

徳次が用いているのは、このような言葉だったのである。しかし、戦争によって愛する者を失った絹子は、曖昧な日本語を黙認せず、「状況次第で、主語次第で、こんなにも人間の運命がちがってきていいんですか。やむをえないのひとことで、すむ話ですか」と立ち向かう。そこで「(みんなに)予行演習をいたします」という絹子の言葉は、東京裁判開廷の宣告に等しい威厳をもつ。前述の公式会見で記者が発したのと同様な質問を、物語の現在時である敗戦直後において、絹子は問い直すのだ。

絹子　かしこくも天子さまにおかせられましては、その戦いのわざわいを引き起こされた御責任をいかがお考えあそばされておいででしょうか。

徳次　……はい？〔中略〕

絹子　天子さまが御責任をお取りあそばされれば、その下の者も、そのまた下の者も、そのまたまた下の者も、そしてわたしたちも、それぞれの責任について考えるようになります。「すまぬ」と仰せ出された御一言が、これからの国民の心を貫く太い芯棒になるのでございます。

御決意を！

ここで絹子が求めているのは、天皇の「すまぬ」という言葉から始まる、責任の体系の再構築にほかならない。そして最終的に絹子は、「主語そのもの」であり、「状況そのもの」であった天皇

（徳次）の口から、「すまなかった」、「退位いたします」、「そのあとは、この草深い片田舎で余生を送ることにする」という言葉を引き出すことに成功するのだ。恋人を失わせた「状況」＝戦時中の論理から脱却し、「主語」を失っていた過去から抜け出るために、過去において「主語」を預けてしまっていた天皇に終止符を打つ。この疑似法廷は、単なる過去の「再現」ではない、確実に未来を指し続ける予行演習であるといえよう。

その際、なぜ、ことさら文法が強調されたのだろうか。文法という漢字語の意味を易しく解くと、「ことばのきまり」と「ことばのおきて」になり、それらは後に国の「きまり」と「おきて」、すなわち「憲法」を思考する手がかりになる。絹子たちは、大日本帝国憲法から日本国憲法へ、「この国のかたち」が大きく変わろうとする転換期に残された法の課題を、日本語の問題として理解しようとしたのである。文法は、東京裁判で戦争責任が問われることのないまま、日本国憲法によって「象徴」になった天皇に対して、同じく憲法によって主権を委譲された国民主体が問いを突きつける手段なのだ。

天皇になりきって、天皇の代わりになって謝る資格が徳次に与えられたのも文法にかかわる。元大本営参謀の徳次は、娘に送る遺書の中で、「父さんは」「父さんたちが」「父さんたちの考えが」といったように主語を明示しながら、少なくとも負けた戦争に対する「敗戦責任」を認めていた。日本語の特色である「主語を隠す仕掛け」が周到に避けられ、無責任な印象を与える受け身の表現も一切使われていない。つまり、ここで発動されるのは、敗戦という原点において天皇を始め、戦争指導者たちが責任の体系を生み出すような日本語文法を駆使したならば、東京裁判がそれを見せる場であったならば、という想像力である。

記憶の時代と文学の再審

現実において天皇の「巡幸」は、一九四七年一二月を最後に空白期に入る。東京裁判の判決の年である一九四八年、天皇の戦争責任が追及されることを避け、中断されたのである。再開されるのは、翌年の一九四九年である。

しかし、「夢の痂」において天皇は、結局佐藤家を訪れないが、絹子の追及への応答は、徳次によって代行された。東京裁判における天皇の不在が戦争の傷の上に蓋をしてしまったことを暴き出し、それを「痂」にすることで、まだ終わっていない問題として提示して見せたのだ。同時代に行われた女性国際戦犯裁判において、死者である昭和天皇が召喚され、有罪の判決が下されたことを想起させる形で、東京裁判三部作の最後の劇が終わったといえよう。三作とも、裁判を受け継ぐ主体として若い女性たちを登場させていたことも見逃せない。

その一方で、軽いタッチで一人でも多くの読者、観客、民衆を参加させようとした戯曲が、戦時性暴力の問題を正面から扱い難かったことは否めない。だが、いかに読者を巻き込んで戦争を考え続け、記憶を継承していくのかを模索した川田文子と井上ひさしの試みに共鳴し合う部分があるのも確かである。

このように戦争が終わってから半世紀が過ぎた時点で再現されたのは、まさに記憶をめぐる法廷であった。サバイバーたちの、何度も蘇って来る記憶は、再審の要求へと確実につながっていたし、戦争責任から戦後責任へとそれを担っていく主体は、普通の人々でなければならなかった。これから戦争を体験していない世代へと記憶が継承されるにあたって、文学が創り出す戦争裁判の表象がますます重要な役割を果たしていくことは疑いようがない。

第7章

戦争裁判と文学の今と未来
(2010年代以降)

東日本大震災で大破した福島第一原子力発電所．左は3号機，
中央奥は4号機(2011年3月15日)．

二〇一〇年代以降の状況を歴史化し、まとめるにはまだ生々しい。東日本大震災と福島原発事故から新型コロナウイルス感染症の拡大によるパンデミック、ウクライナ戦争まで、一つの出来事が収束を見ないうちに次々とディストピア的現実が連なっていく。

こうした現在進行中の出来事と向き合い、さらなる暴力を抑止するために、いま求められているのは何だろうか。本章では、戦争裁判を描いた最新の日本文学を確かめると同時に、これまで不可視化されていた他者と出会いなおす道を探るため、「日本文学」という枠組みを越えた読みの可能性を考える。そのことで、最終的に戦争裁判を描いた日本文学を、世界に開かれた証言文学として位置づけるヴィジョンを提示したい。

1　戦争裁判を描いた日本文学の現在

震災後に再演する私的な東京裁判

二〇一一年三月一一日に起きた東北地方太平洋沖地震(マグニチュード九・〇の巨大地震)による大震

災とそれにともなった福島第一原子力発電所事故は、未曽有の出来事であった。この複合的災害は、まさに事態の新しさゆえ、それを捉える言葉がまだ用意されておらず、過去が度々参照されることになった。

なかでも頻繁に呼び出されたのが、第二次世界大戦の記憶であった。地震と津波によって破壊された東北地方は、大空襲を受けて焼け野原と化した東京に重ねられ、原発事故によって放射能被害を被った福島は、原子爆弾を落とされた広島と長崎を呼び覚ました。こうした連想を無媒介なものとして片づけられないのは、過去の呼び出し方が、現状を把握し、未来を想定する根拠となっているためである。いみじくも赤坂真理(あかさかまり)の『東京プリズン』は、それを象徴する小説である。

厳密にいうと、『東京プリズン』は、震災を契機に戦争を思い返しているわけではない。二〇一〇年春から二〇一二年夏号の『文芸』に連載されているので、作家は、敗戦直後を描いている途中に、三・一一を経験し、二つの出来事を接続させていったのである。いずれにせよ、二〇一二年に毎日出版文化賞や司馬遼太郎賞、翌年に紫式部文学賞を受賞した『東京プリズン』が震災後注目された作品の一つであることは確かである。

一言でいえば、『東京プリズン』は、マリという少女がアメリカのハイスクールで経験した私的な敗北感を、アメリカとの戦争に負けた日本に重ねた小説である。設定はやや複雑だ。一九八〇年に一五歳のマリは、母に言いつけられ、アメリカ・メイン州の小さな町にあるハイスクールに転校した。当時を回想するのは、二〇一〇年前後の日本で小説を書いているマリである。しかし、現在のマリのところに、三〇年前の自分から電話がかかってくる設定など、現実と幻想の境が不分明で、時空間が交錯したまま、物語は展開していく。

決定的な出来事は、少女・マリが、進級の条件として「ディベート」を提案されたことである。全校生徒の前で行うディベートが、唐突に東京裁判へと変わっていく場面が、『東京プリズン』のクライマックスといえる。ディベートの参加者たちが東京裁判の裁判長や検察官、弁護士の仮面を着けはじめる。そしてマリに与えられたのは、「天皇ヒロヒト」の役である。

第六章の井上ひさしをはじめ、現実の東京裁判で不起訴になった天皇を、幻想の法廷に召喚した作品はこれまでもあったが、『東京プリズン』はマリという一人の少女に天皇を演じさせたことに特色がある。しかも、彼女は、個としての昭和天皇ではなく、「一人なのに複数」である、まさに「私たち」の象徴としての天皇を演じるのだ。

「私たち」が求めるのは、「勝者の裁き」において失った戦争の大義名分と死者たちの「名誉」を取り戻すことである。そのためには、戦時中の唯一の統帥権者であり、戦後もなお「日本国」と「日本国民統合の象徴」である天皇を東京裁判に召喚しなければならないのである。

マリが天皇の代わりになって「私たち」を代表するという小説の設定は、そうあってほしかった過去に対する強い願望が、幻想となって表出したものと解釈できる。結果的に、そのことは、最高責任者でありながら東京裁判に現れることもなく、「犬死にした人びと」の「名誉」を取り返すこともなく、彼らを「英霊」にすることもできなかった天皇の無責任を印象付けることになる。マリに聞こえてくる「私たち」の声は、そうした亡霊たちの声なのだ。

他者のいない「プリズン」の構造

ここで「私たち」という枠組みが曖昧であり、相手と認識されるのが「アメリカ」だけであることにも注目すべきであろう。加藤典洋（かとうのりひろ）が「日本と中国、日本と朝鮮のあいだの、戦争責任をめぐる関係へのまなざし」が不在しているとこの小説を批判したゆえんである［加藤、二〇一六］。だが、ある意味、赤坂真理の『東京プリズン』が映し出したのは、他者を出現させ得ない構造そのものだった、という読みもできるかもしれない。マリが天皇になって代弁している「私たち」は、「声を奪われた者たち」、「英霊たち」、「すべての日本人」へと言い換えられ、後には三・一一の死者たちもそこに加えられ、最終的には「私自身」へと収斂されていく。東京裁判劇の目的も「彼らの名誉を回復する」ためであり、「私の失ったものを回復する方法でもある」と同列に語られるのである。

そしてこの構図は、東京裁判の再演だけではなく、小説全体の構造を支え、『東京プリズン』の幻想性を担保している。母娘の物語に見えて、実は、母親の年齢になった「私」＝マリが母を演じ、一五歳の自分と会話を行う。物語は、まさに「私」へと絶え間なく回収される構造を有しているのである。

『東京プリズン』に「従軍慰安婦」への言及がないことも、おそらくそのためだろう。第六章で検討した通り、戦時性暴力の実態が明らかになった九〇年代を経て書かれたこの小説において、性暴力の危機にさらされているのは、「私」と「私」の幻想のなかにいる母であり、その加害者は「アメリカ」になっている。レイプ表象を用いて占領と戦後の日米関係を語りながら、性暴力の痛みを「私たち」のそれへと回収する物語の構造において、帝国日本の軍隊による戦時性暴力が論じられる余地はなく、他者に向かう道は閉ざされているのだ。

「私」＝マリを切り離さないで守ってほしかった母と、「私たち」＝「すべての日本人」を見捨てないで代弁してほしかった天皇。母と天皇を自ら演じることで、マリは、個人として、または共同体として抱えていた「トラウマ」から回復することができるのだろうか。小説が問うているのはこのことである。

答えはどうだろうか。幻想的法廷の終幕で、マリが演じる天皇は、「南京大虐殺」、「七三一部隊」を「前線の兵士の狂気や跳ねっ返り行動」といい、東京大空襲や原爆投下のような「民間人を消し去る周到な計画とはまた別次元である」と主張する。後者こそ「ナチスのホロコーストと同次元」であるというのである。それから「何も我がほうを正当化はしない」と付け加え、我が子の罰を負いたいと語る。その言葉によって、「私たち」は「解放」され、小説は終わりを迎えるのだ。

つまり、天皇になりかわったマリは、帝国日本のアジアに対する暴力を、アメリカの日本に対するそれより比較的に軽いものと位置づけ、前者の罪を「親」として引き受けたのである。この極めて抽象的な責任の取り方によって、天皇は再び天皇としての象徴性を維持し、「我が子」たる「私たち」の名誉は回復され、戦争責任からも戦後責任からも「解放」されたわけである。

しかし、逆説的にも、結末にある「解放」という言葉は、小説のタイトルである「東京プリズン」の現状を浮き彫りにしてしまう。歴史的現実として、東京裁判にて責任を取らなかった天皇のために、「英霊」になれなかった「私たち」は、いまだプリズンに収監されていると、小説は強く訴えるからだ。いくら演じ直しても自分にしか戻れない物語の構造は、まさにプリズンにほかならないといえよう。

朝鮮人戦犯の罪を問う

ＢＣ級戦犯を描いた最新作も紹介しよう。「在日」劇作家・鄭義信(チョンウィシン)による「赤道の下のマクベス」(『悲劇喜劇』二〇一八年三月)である。「在日」という作家の属性をもって作品を説明することは乱暴かもしれないが、安部公房や小田実などいわゆる「日本人」作家が正面切って論じられなかった問いを、鄭義信が発しているのは事実である。それは、朝鮮人戦犯の罪だ。

具体的に見ていこう。シンガポールのチャンギ刑務所で死刑囚が集められた監獄を舞台に三人の朝鮮人（南星、文平、春吉）と三人の日本人（黒田、山形、正蔵）が登場する。だが、朝鮮人と日本人が対立するといった分かりやすい構図は取らず、個々人の経験がもつ固有性が強調されている。

特に注目すべきは、捕虜問題で死刑を宣告された戦犯たちを複数登場させ、彼らが戦争犯罪をどう認識していたのかを問うたことである。

ほとんどの戦犯たちは、捕虜虐待に対する死刑という判決を、納得のいかないものと感じている。黒田は、「命令した上官かて、結局、たどりたどったら大本営に命令されとる」ので、「大本営の、ひいては天皇の命に従ごうて、行動したまでや」と述べる。それに対して、南星は、捕虜や朝鮮人監視員に激しい暴行を繰り返した山形を指しながら「あいつも嫌々、捕虜殴り倒したのか？　天皇の命令で、棍棒で死ぬほど小突きまわしたのかよ？」と反論する。戦争犯罪を正当化する際によく用いられている、上官の命令という論理を、一人ひとりが実際に取った行動に照らして否定するのである。

「赤道の下のマクベス」の新しさは、このように個々人の行為を細分化して描くことで、「罪」の内実を問い直しているところにある。死刑がすでに確定しているにもかかわらず、法廷の判決とは別に、戦犯同士で過去を語り合い、捕虜に対する罪を問い続けているのである。そのことによって、同じ死刑囚であっても、一人ひとりの「罪」が決して同質のものでなかったことを明るみに出すのだ。

今度は黒田がまごついて「言葉も通じん、規律も守らん……」と暴力の理由を状況に求め、それが「死刑になるほどの虐待なんか？」と問い返すと、南星は、「虐待だ、虐待。十分な食料も与えず、泰緬鉄道建設のために強制的に働かせた。それだけで、立派な虐待だ。何人死んだ？ え、何人だ？」と厳しく追及する。一万三千の死者を出したにもかかわらず、罪の自覚がない人々を、捕虜に代わって糾弾するのである。

捕虜監視員である朝鮮人戦犯自らが捕虜に対する暴力を認め、他の戦犯たちを裁くという、これまでなかった構図は、いかにして可能だったのか。戯曲の最後に付されている「引用ならびに参考資料」は一つの答えになるかもしれない。資料の多くは、大量の捕虜を死に至らしめた泰緬鉄道に関するものであったからだ。朝鮮人戦犯が主体となって、捕虜に対する罪を問うた背景には、まさに、捕虜たちの声、その記録の参照があったのである。

「自分」という危ういレトリック

戯曲の意義を確認したうえで、さらに考えたいのは、主人公・南星が用いるレトリックである。

南星　おれも自分で自分を死刑台に送る道、選んだってわけだ……(笑って)笑っちゃうような……自分は、自分だけは公平で、正しいつもりで……けど、結局、結局だ、鉄道隊の言いなりに、捕虜を差し出した……そいつは事実だ。言い訳できない……それで、それでだ、差し出した捕虜が死んじまったことに責任ないなんて……知ったこっちゃないって、そんなわけにいかねぇよな。悪いことした覚えがないっつったって、そいつは所詮女の言い訳だ。悪いことしちまったんだ、おれは……自分で選んで、悪いことしちまったんだ。自分ですすんで、殺人のお先棒かついだんだ。（傍線引用者）

南星は、捕虜監視員になったことと「捕虜を差し出した」ことの「責任」を述べ、自分の選択や行動の結果として戦犯になったと、現状を受け止めている。だが、注意せねばならないのは、南星が倫理的に問うている言葉に「自分」が多用されることで、朝鮮人戦犯の自由意志が強調されてしまうことである。

文平　故郷を出てから、五年……二年たてば戻れる、月五十円の給料がもらえる、帰ってきたら日本人並みの待遇にする……みんな嘘でした。

南星　自分から志願したんだろうが。〔中略〕

黒田　おまえさんも志願か？

春吉　ちがう……おれは村長に命令された……両親は断った。三度断ったら、日本人巡査が来た。それでも、断ったら、巡査が村長に「配給切れ」って命じやがった。「餓死しろってことですか」って聞いたら、「天皇陛下の命令に従わん奴は銃殺だ」……行きたくねぇって言えるもんか。

南星　自分だけ、被害者気どりか。（傍線引用者）

いかにして捕虜監視員になったのかを、朝鮮人の文平と春吉が説明しようとする。文平は貧しい植民地朝鮮に残された数少ない選択肢として捕虜監視員があったことを述べ、春吉は実質的な「命令」を拒むことができなかったと語る。

しかし、そこで南星と黒田は「志願」という言葉を持ち出し、植民地朝鮮の文脈を説明する言葉を遮る。小田実「折れた剣」（第三章）の井田が「志願」を理由に朝鮮人戦犯の訴えを退けたことと、同様な論理が繰り返されていることを見逃すことはできない。

鄭義信が「引用ならびに参考資料」の最初に挙げたのは、内海愛子『キムはなぜ裁かれたのか』（朝日新聞出版、二〇〇八年）であり、その第二章のタイトルがまさに「強制か志願か」であった。内海が素描する朝鮮人の状況を参照して、作中の春吉が造形されたのは明らかだが、そこで内海は、植民地の人々が置かれた暴力的状況を十分に説明したうえで、括弧付き「志願」を用いていた。

また、『キムはなぜ裁かれたのか』には、朝鮮人監視員に暴力を振るわれたオーストラリア人が「植民地下の朝鮮で抑圧され、差別を受けていたとしても、行為の個人責任はある」と主張していたことも紹介されている。だが、それに対して内海は、「日本軍の捕虜への考え方、取り扱いを教育された朝鮮人監視員が、意味もなく捕虜に平手打ちを食らわせたり、殴打を加えた。捕虜たちは朝鮮人監視員Korean Guard（コリアンガード）に、嫌悪と憎悪のまなざしを向けるようになっていった」と解説する。つまり、強制か志願か、個人の責任か否かといった二項対立を越えて、帝国と植民地の構造的問題を文脈化してみせたのである。それを参照して書かれた戯曲の主人公が「志願」かどうかにこだわり、「自分」という言葉を頻繁に用いることは、危うく見える。その論理は、これまで重ねてきた歴史的議論を無視し、自己責任として悪用されかねないからだ。

この「自分」というレトリックは、戦争経験のない世代が、朝鮮人戦犯を過剰に同一視した結果ではないだろうか。「自分」が朝鮮人戦犯であったならば、同じような罪を犯さない道を探せたかもしれない。同一化によって、こうした倫理的な仮定や問いが生成されるのは否めない。しかし、同一化には、「自分」ではない、他者の経験を奪取する危険性がつきまとう。その意味で、鄭義信の「赤道の下のマクベス」は、戦争裁判において他者化された存在であった朝鮮人戦犯が、捕虜という他者に出会いなおす可能性と、レトリックの不安とが交錯する作品といえよう。

ところで、二〇一〇年代に東京裁判とBC級裁判を描いた二つの作品とも「私」と「自分」がキーワードになっているのは偶然だろうか。東京裁判に天皇を召喚した『東京プリズン』と、朝鮮人戦犯の罪を問うた「赤道の下のマクベス」は、それぞれ重要な問題を提起しつつも、他者と出会い損ねた痕跡を、「私」と「自分」という言葉に凝縮させているように映る。

もちろん、このような限界は、すべての時代において見られるものだし、先行する作品の批判的継承はこれからも続くにちがいない。さらにいえば、個別の作品に刻まれた他者との出会い損ねは、必ずしも作家によって乗り越えられるべきものではないかもしれない。読者に要請されることもあるだろう。他の作品との突き合わせ、読み合わせによってはじめて見える他者との出会いがあるはずだ。

2　再審としての読み——世界文学へ

「世界文学」という読み方

読みのモードを変えることで、他者と出会いなおす可能性を探ってみよう。その際、一九九〇年代末から欧米において活発に議論され、二〇一〇年代に日本語に翻訳され、広く紹介された「世界文学」は、重要な示唆を与える。

簡単にいうと、これまで文学は、日本文学、ロシア文学、フランス文学など一国一文学主義を前提に捉えられていた。この分け方の背後には、国によって文学の特殊性や固有性があるという考えがある。したがって、文学研究では、他国の文学を読むために、原語をマスターし、精読(Close Reading)することを要請してきた。

こうした専門家的読みに対して、「世界文学」が提示するのは、普通の読者が日常的に行う読書に近い。一人の人間が習得できる言語には限りがあるのだから、読み方を変えてよいのではないか。翻訳を積極的に活用し、精読の代わりに遠読(Distant Reading)をする［モレッティ、二〇一六］。

他国の言語を学び、その文学を丁寧に読む真摯な姿勢が重要なのはいうまでもないが、専門性を重視しすぎて視野が狭くなることを避けなければならない。翻訳を介して各分野の専門家に学びながら、なるべく幅広く読むという「世界文学」のヴィジョンは、他者を理解することも他者に共感することも放棄しない、越境する読みの可能性を提示している［ダムロッシュ、二〇一一］。

戦争裁判と「世界文学」

なぜ、戦争裁判を描いた文学を読む際にこうした読み方が求められるのか。本書で読んできた通り、戦争裁判を取り上げる文学は、戦時中に行われた残虐行為に対する証言文学でもある。ゆえに、戦争犯罪を裁きなおそうとする文学が国民国家の枠に縛られると、必然的に他者との出会い損ねが生じてしまう。それを補完するために、「世界文学」が必要なのである。

捕虜虐待の罪を例に挙げよう。ポツダム宣言には、「俘虜虐待を含むあらゆる戦争犯罪」が裁かれると明記されており、実際、戦争裁判において捕虜問題は重視された。それにもかかわらず、記憶の不均衡というべき状況がある。イギリスやオーストラリアで捕虜問題は、戦争の悲劇として広く人々に共有され、記憶され続けているのに対し、日本では、長い間、忘れられていたのである

[木畑、二〇〇三]。

日本文学の場合も、一九五〇年代(第二章)を最後に、捕虜問題は中心的に取り上げられず、捕虜の視点はほとんど欠落していた。しかし、オーストラリア文学ではどうだろうか。「死の鉄路」と呼ばれた泰緬鉄道の過酷な建設作業に動員された捕虜の一人が生還し、その息子であるリチャード・フラナガンは『奥のほそ道』を書き上げた。二〇一三年にオーストラリアで発表されたこの物語は、二〇一八年に日本語訳されている(渡辺佐智江訳、白水社)。

そもそも二〇一八年は、戦争裁判を描いた文学を「世界文学」として読み返すための準備が進んでいた年であった。同年二月二四日から三月一〇日まで『神と人とのあいだ』が劇団民藝によって上演された(於・紀伊國屋サザンシアター)。第Ⅰ部「審判」の初演は一九七〇年、それから一七年を隔てた一九八七年に第Ⅱ部「夏」は初演を成し遂げていた。この二部が同時に上演された年としても二〇一八年は特記すべきである。

さらに、新国立劇場開場二〇周年記念で朝鮮人BC級戦犯と捕虜問題を扱った鄭義信の「赤道の下のマクベス」が同年三月に、井上ひさしの東京裁判三部作の一作目である「夢の裂け目」が同年六月に舞台化された。二〇一八年に戦争裁判を正面から扱った文学作品が同時に舞台に蘇ったのである。

それぞれが書かれた時代の文脈を越えてこれらの作品が立て続けに上演された際、私たちは、何を読み取ることができるのだろうか。そこに翻訳された他者の声はどう響いてくるのだろうか。

リチャード・フラナガンの『奥のほそ道』と読み合わせながら、加藤めぐみの『オーストラリア文学にみる日本人像』(東京大学出版会、二〇一三年)という専門書を参照する。そこには、捕虜体験を綴った回想記をはじめとしたオーストラリア言説における日本人像の歴史が描き出されている。捕虜虐待をめぐる日本とオーストラリア、イギリスなどの文学を一緒に読むことではじめて、戦争裁判をやりなおそうとする文学の法廷に、被告側も原告側も召喚されることになるのだ。

原爆文学とホロコースト文学

「世界文学」という読み方を考えるうえで、ジョン・W・トリートの『グラウンド・ゼロを書く』も参考になる。ちなみに、一九九五年にアメリカで発表されたこの書籍は、二〇一〇年に日本語に翻訳され、日本では「世界文学」と同時期に受容されることになった。

原爆文学を論じるにあたって、ジョン・トリートは、核時代を生きる私たちにとって、「最初に攻撃目標となったヒロシマ・ナガサキの体験者こそが、あらゆる人類の体験が終焉を迎えるというあり得べき将来に対する記憶を持っている」と述べた。この書籍が日本語に刊行されてから一年後に三・一一があったことは、翻訳という行為がもつ偶然性と必然性とを考えさせる。ウクライナ戦争が進行中であり、核戦争の危機に脅かされている現在においても、「あり得べき将来に対する記憶」は切実な参照項とならざるを得ない。

さらに注目したいのは、彼が原爆文学を語る際に度々ホロコースト文学に言及していたことである。「ナチスの収容所の文学は、収容所自体がそうだったこともあり、当初から国際的」であり、「ホロコーストについての生存者の語りは、最終的にはヨーロッパのあらゆる言語で行われた」が、原爆文学が日本語と日本の国境を越えて外に広がることはほとんどなかったと指摘されている。

しかし、彼が提案するのは、同等なものとしてホロコースト文学と原爆文学を比較することではない。「ヒロシマ」と「アウシュヴィッツ」のように異なる出来事を「と」で結ぶこと、「歴史をわずか二つの固有名詞に還元してしまうこと」を慎重に警戒している。

岡真理が「ホロコースト文学」と「南京虐殺」に関するエピソードを語りながら、ある暴力が他の暴力と比較され、順位づけられる危険性を示したことに通じるといえよう。そこで岡は、唯一無比の出来事と記憶を「ホロコースト的文学」に包摂することへの危惧を表明していた〔岡、二〇〇〇〕。

つまり、第二次世界大戦時に起こった大規模な暴力がもつ世界性〔相互関連性〕を認めつつも、安易に並べて比べたり、一つの出来事にすべての暴力を象徴させたりすることには、細心の注意を払わなければならない。このような姿勢は、「世界文学」が標榜する読みのモードと響き合う。

法と文学――「人道に対する罪」

戦争裁判を描いた文学を、「世界文学」的に読むにあたって、「人道に対する罪」という概念は、重要な指針になるかもしれない。

日本では、東京裁判でもBC級裁判でも、BC級戦争犯罪が一括りにされていたが、ドイツのニュルンベルク裁判では、「通例の戦争犯罪」(B級)と「人道に対する罪」(C級)は分けられ、後者によってナチスのユダヤ人虐殺が処罰された。

「人道に対する罪」は、従来の戦時国際法では捉えきれない戦争犯罪に対して、第二次世界大戦後に新しく導入された概念であり、民間人に対する殺人、絶滅、奴隷化、強制連行その他の非人道的行為、または政治的・人種的・宗教的理由に基づく迫害行為を犯行地の国内法に違反するかどうかを問わず処罰できるものである。犯罪行為の対象が自国民であっても処罰できるということでナチスのユダヤ人虐殺に適用することができたのである。

ニュルンベルク裁判の後ほとんど顧みられなかったが、一九九〇年代以降、旧ユーゴスラビア国際戦犯法廷、ルワンダ国際戦犯法廷、二〇〇二年に国際刑事裁判所の管轄事項となり、南アフリカ共和国におけるアパルトヘイト、「慰安婦」問題などを「人道に対する罪」に該当するとして告発する契機となった[清水、二〇一二]。

本書第六章では、女性に対する暴力を容認し、処罰してこなかった国際社会に対する告発であった「女性国際戦犯法廷」に言及した。この法廷に関する論集のなかで高橋哲也は、「ホロコーストと日本軍「慰安婦」制度が同じでないことは明らかだ」としつつ、「あらゆる歴史的出来事は、それぞれみな違っているわけだけど、問題はどんな観点からそれを評価するかだ。ナチのホロコーストと日本軍「慰安婦」制度は、事件としては異なるけれど、法的観点から見るとどちらも「人道に対する罪」に当たる」と説明している。その後、日本軍の重慶爆撃、広島、長崎の原爆投下など法的見地から「人道に対する罪」に当たる出来事を示している[高橋、二〇〇〇]。

「世界文学」の視野で文学を読んでいく際にも、出来事の固有性を手放さないと同時に、共通の基盤をもつ必要がある。国民国家による分類とは異なる、第二次世界大戦時の残虐行為に対する証言文学として、ホロコースト文学、原爆文学、沖縄文学、慰安婦文学等を読むことが求められているのである。「人道に対する罪」のような共通の規範にもとづいて、戦争裁判で裁ききれなかった戦争犯罪を裁きなおす世界文学を夢想する。文学による再審が、確実に未来の世界へ届くことを期待するのだ。

女性による戦争裁判

こうした動きが現れた二〇一〇年代の例を一つだけ挙げよう。女性による、性暴力の裁きなおしとその世界的連帯の始まりである。

二〇一五年にノーベル文学賞を受賞したウクライナ生まれの作家、スヴェトラーナ・アレクシエーヴィチは『戦争は女の顔をしていない』(三浦みどり訳、岩波書店、二〇一六年)を書いている。チェルノブイリ原発事故を書いた彼女が戦争を語ろうと思った切掛けは、それまでの本が「男たち」による、「男」の戦争観、「男の感覚」に支えられた、「男の言葉」で書かれたものであったためである。「「女たちの」戦争」が書かれなければならない。

女たちは黙っている。わたしをのぞいてだれもおばあちゃんやおかあさんたちにあれこれ問いただした者はいなかった。〔中略〕「女たちの」戦争にはそれなりの色、臭いがあり、光があり、気持ちが入っていた。そこには英雄もなく信じがたいような手柄もない、人間を越えてしまうようなスケールの事に関わっている人々がいるだけ。そこでは人間たちだけが苦しんでいるのではなく、土も、小鳥たちも、木々も苦しんでいる。地上に生きているもののすべてが、言葉もなく苦しんでいる、だからなお恐ろしい……〔中略〕その戦争の物語を書きたい。女たちのものがたりを。(「人間は戦争よりずっと大きい」(執筆日誌一九七八年から一九八五年より))

女性たちの戦争体験をどのように記述すればよいのか。既存のものとは異なる、新たな形が模索されている。

聞き書きをベースにした彼女の文学がノーベル文学賞を受賞したことで、「証言文学」という日本語(翻訳語)が積極的に使われるようになったことも特記すべきである[沼野、二〇二一]。聞き書きを通して戦時性暴力を告発した川田文子(第六章)が世界中から「女たちのものがたり」を書き留める場を設けようとしたことが想起されよう。こうした女性たちの証言文学をめぐる試みは、まさにいま様々な形で行われつつある。

死者たちの声にならなかった声を記録してきた沖縄文学はどうだろうか。崎山多美『月や、あらん』(なんよう文庫、二〇一二年)には、沖縄にいた朝鮮人慰安婦について男性作家が書いたノンフィクションが登場する。「国家の暴力と戦争犯罪を体験者の語りで糾弾するよう仕組まれたスキのないドキュメント」という印象を持ったこの書籍を読んでいくうちに、女性編集者は、激しい耳鳴りと嘔吐に見舞われる。「コトバを喪って久しい」「強度に精神を病んだ老女」の担当医を何度も取材し、ライターの想像力で書かれたこの書籍が、ノイズを作り出すためである。そのノイズは、「女の口から直接その人生の一端が語られることはなかった」ことに対する訴えにほかならない。

女性による証言文学は、彼女たちの経験を記録する必要に迫られながらも、これまで誰かに語られてしまった彼女たちを、再び代弁するのとは異なる形でなければならない。

こうした問題を共有しながら、色々な試行錯誤をしている現代韓国文学の作家にキム・スムがいる。彼女は、二〇一八年に日本語に翻訳された『ひとり』(岡裕美訳、三一書房)をはじめ、元「慰安婦」被害者たちの証言をもとにした作品を立て続けに発表している。

キム・スムは、聞き取り調査を行ってきた関係者とともに直接証言を聞きにいき、その記録も作品にしているが、一応、そのすべての形には、便宜的、もしくは、暫定的に、「小説」という言葉が付いている。『ひとり』は、「慰安婦」被害者の証言集からの注釈が三百個以上付された小説であり、『軍人が天使になるのを願ったことがあるか』、『崇高さは私を覗きみるのさ』という二冊は、聞き取りの過程における聞き手の言葉を全部消し、当事者の言葉のみを残したもので、表紙に「証言小説」と名付けられている。『流れる手紙』は、当事者の経験を、その時空間に戻って、その内面にまで入って描いた書簡体小説である。そして、それまでの聞き取りのプロセス自体を小説にしたようなものが、『聞き取りの時間』(二〇二一年)である。

ホロコースト文学を参照しながら、『聞き取りの時間』は、聞き取りの現場をほとんど占めている沈黙を記載しようとする。沈黙を暴力的に埋めることなく、それ自体を聞き取るよう読者に要請する表象様式は、崎山多美の試みにつながっているといえよう。法廷において「沈黙は口述証言の一部になることはできても全部になることはできない」が、証言文学は、彼女たちの沈黙にいつまでも耳を傾けるのだ。

暴力を訴える女性たちの声が世界各地から響き合う、戦争裁判の再審は始まったばかりである。これからも翻訳と受容の時差や、文脈の違いによる誤解などを乗り越えながら、世界文学を通して他者に出会う旅を続けるしかない。残虐行為に対して、世界的連帯を呼び掛ける文学と読みが、いつになく求められているのだ。

おわりに

本書では、一九四〇年代から二〇一〇年代まで、東京裁判とBC級裁判を描いた日本文学を読んできた。七〇年以上の間、文学は繰り返し、すでに終わったはずの戦争裁判を呼び戻していた。時代によって、また作家や作品によって、召喚の対象も方法も目的も異なっていたが、それらを時代順に読むことで「戦争裁判の文学史」のようなものが描けたと思う。

その過程で、過去の裁判で裁ききれなかった戦争犯罪を再審し、被害者の声に応答しようとした多くの作品に出会うことができた。先に書かれた作品を批判的に継承しようとする創作のリレーは、一種の継続裁判にも見受けられた。

ここまで付き合ってくれた読者であれば、戦争を裁くのは何か、という「はじめに」で提示した問いにどう答えるのだろうか。文学も戦争を裁く、という結論に同意してくれるだろうか。

最後に、戦争裁判の文学を読む読者のために、一つ触れておきたいことがある。文学が創造する戦争裁判の法廷において、私たち読者は、どこに立つのか、という問題だ。

二〇〇一年の夏、私はホロコースト・ミュージアムに関する会議に出席した。その会議では、三人の優れた歴史家の意見にくい違いが見られた。ある特定のホロコースト・ミュージアムに関して、そこは観客を犠牲者にあまりにも同一化させてしまう、とある歴史家は主張した。これに対して別の歴史家は、そこはむしろ観客を加害者に過剰に同一化させている、と主張した。さらにまた別の歴史家は、そのミュージアムは観客をホロコーストの傍観者に同一化させている、と主張したのだった。

ホロコースト文学を読むにあたって、同一化の問題を検証したロバート・イーグルストンの言葉である[イーグルストン、二〇一三年]。誰に同一化しつつ文学を読むか、は本書にとっても極めて重要な問いである。

同時代に東京裁判を見に行った作家たちは、傍聴席にいながらも傍観者になることはできず、被告席との距離を測りつつ、時には弁護人になり、時には検察になっていた(第一章)。文学を読む読者にも、このような遠近感がある。

例えば、帝国日本の指導者たる東京裁判の被告たちに対しては同一化できなかった読者が、普通の人々をも裁いたBC級裁判の被告たちに対しては感情移入できるということがあり得る(第二章)。原爆投下の犠牲者たちに同一化した読者と南京虐殺の加害者たちに同一化した読者は、それぞれ異なる再審の形態を求めるにちがいない(第三章)。

また、作家が選んだジャンルが、特定の立場に読者を同一化させることがある。舞台で再び東京裁判を上演し、読者／観客を傍聴席に座らせる戯曲や、未解決の問題として戦争犯罪を捉え、再捜査にとりかかった探偵に読者を同一化させる推理小説、一人の戦犯の生に読者を同一化させる伝記小説もあった（第四章）。

文学を通じた同一化のプロセスは、読者と他者が結び直される場も形成していた。長い時間を経て沈黙を破った戦時性暴力の被害者たち（第六章）や、忘れられていた捕虜や見過ごされてきた植民地の人々（第七章）に出会いなおす契機になっていたのだ。

私自身を含め、これらの文学を読む読者たちのほとんどは、戦争や戦争犯罪を直接知らない世代である。だからこそ犠牲者にも加害者にも傍観者にも過剰に同一化しないで、弁護人にも検察官にもなり切らないで文学を読むことが必要かもしれない。一つの立場に過剰な同一化を行うと、自分の読み方が道徳的、倫理的に正しいことを疑わなくなる。それは、読者が唯一の裁判官になってしまうことを意味する。しかし、戦争犯罪の再審を求め続ける文学は、読者に裁判官になることを求めていないはずである。様々な立場から出来事を眺めることで、出会い損ねた他者の存在に気付く読者を待っているはずだ。

この文章を書いているいまもウクライナ戦争は収束していない。戦争が続いている限り、これから書かれる文学もかつての戦争裁判を振り返り、現在進行中の暴力、そして未来にあり得る暴力から逃れるための手がかりを探り続けるだろう。文学が戦争を裁く、ということにまだ懐疑的な読者も、こうした今後の文学の可能性を注視してほしい。読者としてどの位置に立つのかを意識しながら、法的効力も強制力もない文学が、戦争の抑止力となる方法を模索していく、その過程に付き合っていただきたい。

主要参考文献

底　本　※本文中に示した初出と異なる底本を用いた場合のみ、以下に示した。

中野重治「おかあさんがたへ」(『中野重治全集』第一二巻、筑摩書房、一九七九年)
火野葦平『戦争犯罪人』(河出書房、一九五四年)
安部公房「壁あつき部屋」(『キネマ旬報』一九五三年一一月)
遠藤周作『海と毒薬』(文芸春秋新社、一九五八年)
堀田善衞『審判』(岩波書店、一九六三年)
木下順二『神と人とのあいだ』(講談社、一九七二年)
松本清張「砂の審廷　小説東京裁判」(『松本清張全集』第三三巻、文芸春秋、一九七三年)
大岡昇平『ながい旅』(新潮社、一九八二年)
赤坂真理『東京プリズン』(河出書房新社、二〇一二年)

全般にかかわる文献

杉浦明平「新七刑囚物語——極東裁判の短歌について」(『短歌研究』一九四九年七月)
野間宏他『わが祖国の詩——青年と日本愛国詩史』(理論社、一九五二年)

新田満夫編『極東国際軍事裁判速記録』（雄松堂書店、一九六八年）
住谷雄幸、内海愛子、赤沢史朗編「東京裁判・BC級戦争犯罪・戦争責任関係主要文献目録」（『思想』一九八四年五月）
東京裁判ハンドブック編集委員会編『東京裁判ハンドブック』（青木書店、一九八九年）
細谷千博他編『東京裁判を問う――国際シンポジウム』（講談社、一九八四年）
大沼保昭『東京裁判から戦後責任の思想へ』（有信堂高文社、一九八五年）
吉見義明『従軍慰安婦』（岩波書店、一九九五年）
吉田裕『現代歴史学と戦争責任』（青木書店、一九九七年）
高橋哲哉『戦後責任論』（講談社、一九九九年）
林博史『BC級戦犯裁判』（岩波書店、二〇〇五年）
ハンナ・アレント著、ジェローム・コーン編、中山元訳『責任と判断』（筑摩書房、二〇〇七年）
内海愛子、小森陽一、成田龍一「東京裁判が作った戦後日本」（『現代思想』二〇〇七年八月）
大沼保昭『東京裁判、戦争責任、戦後責任』（東信堂、二〇〇七年）
日暮吉延『東京裁判』（講談社、二〇〇八年）
内海愛子『朝鮮人BC級戦犯の記録』（岩波書店、二〇一五年）
鄭栄桓「解放直後の在日朝鮮人運動と「戦争責任」論（1945–1949）――戦犯裁判と「親日派」処罰をめぐって」（『日本植民地研究』二〇一六年）
金ヨンロン「戦争裁判と文学」（『WASEDA ONLINE』二〇一九年一二月一六日）

野村幸一郎『東京裁判の思想課題――アジアへのまなざし』(新典社、二〇二一年)
宇田川幸大『東京裁判研究――何が裁かれ、何が遺されたのか』(岩波書店、二〇二二年)

第一章

宮本百合子「便乗の図絵」(『光』一九四八年九月)
読売新聞「廿二被告・断罪の瞬間 こっくり肯く東条 〝父の微笑〟で令嬢と語る広田」(一九四八年一一月一三日、朝刊)
川端康成「生と死の間の老人達――戦犯判決傍聴の記」(『読売新聞』一九四八年一一月一四日、朝刊)
川端康成「近事」(『群像』一九四九年一月)
宮本百合子「今日の日本の文化問題」(『思想と科学』臨時増刊号、一九四九年一月)
木下順二「東京裁判が考えさせてくれたこと」(細谷千博他編『国際シンポジウム・東京裁判を問う』講談社、一九八四年)
野上元「東京裁判論――上演される「歴史」、形象としての「A級戦犯」」『岩波講座 アジア・太平洋戦争2 戦争の政治学』(岩波書店、二〇〇五年)
山本武利、十重田裕一、川崎賢子、宗像和重編『占領期雑誌資料大系 文学編Ⅱ第二巻』(岩波書店、二〇一〇年)
内藤千珠子「戦時性暴力と身体――林芙美子「浮雲」における傷の表象」(『大妻国文』二〇一八年三月)
金ヨンロン、尾崎名津子、十重田裕一編『「言論統制」の近代を問いなおす――検閲が文学と出版にもたらし

たもの』(花鳥社、二〇一九年)

第二章

鶴見俊輔「大衆の思想　生活綴り方・サークル運動」および「討論」(久野収、鶴見俊輔、藤田省三『戦後日本の思想』中央公論社、一九五九年)
遠藤周作「わが小説」(『朝日新聞』一九六二年三月三〇日、朝刊)
内海愛子「朝鮮戦争とスガモプリズン——BC級戦犯の平和運動」(『思想』一九八五年八月)
内海愛子「日本は捕虜をどのように管理したのか」(内海愛子、G・マコーマック、H・ネルソン編著『泰緬鉄道と日本の戦争責任——捕虜とロームシャと朝鮮人と』明石書店、一九九四年)
佐伯彰一「解説」(遠藤周作『海と毒薬』新潮社、二〇〇三年)
小林慎也「虚構と事実の間」(『遠藤周作を読む』笠間書院、二〇〇四年)
小森陽一『レイシズム』(岩波書店、二〇〇六年)
鳥羽耕史「映像のスガモプリズン——「壁あつき部屋」と「私は貝になりたい」」(『現代思想』二〇〇七年八月)
羽矢みずき「奪われた戦後世界——大原富枝「巣鴨の恋人」論」(池田浩士責任編集『〈いま〉を読みかえる——「この時代」の終わり』インパクト出版会、二〇〇七年)
羽矢みずき「彷徨える〈兵隊〉たち——火野葦平『戦争犯罪人』論」(『昭和文学研究』二〇〇八年三月)
中河慶「大衆文化からみるBC級戦犯裁判と「責任」」(『第四回国際日本学コンソーシアム』大学院教育改革支

援プログラム「日本文化研究の国際的情報伝達スキルの育成」活動報告書、二〇一〇年三月）
神子島健「戦場の記憶と戦後文学　火野葦平（下）——撫順、一九五五年の戦犯たち」（『中帰連　戦争の真実を語り継ぐ』二〇一〇年三月）
内海愛子「スガモプリズン——占領下の「異空間」」（『戦争責任研究』二〇一二年冬季）
村上克尚『動物の声、他者の声——日本戦後文学の倫理』（新曜社、二〇一七年）
宇田川幸大『考証　東京裁判——戦争と戦後を読み解く』（吉川弘文館、二〇一八年）

第三章

小田実『「アボジ」を踏む』（講談社文芸文庫、二〇〇八年）
高榮蘭「グローバリズムと漢字文化圏をめぐる文化政治——「ベトナム戦争」×「日韓国交正常化」という記憶装置から」（岩崎稔、成田龍一、島村輝編『アジアの戦争と記憶——二〇世紀の歴史と文学』勉誠出版、二〇一八年）
陳童君「南京大虐殺事件の戦後日本文学表現史論——東京裁判からのアプローチ」（『中国研究月報』二〇一八年一二月）
水溜真由美『堀田善衞　乱世を生きる』（ナカニシヤ出版、二〇一九年）
金ヨンロン「再審の光景——小田実「折れた剣」（一九六三年）論」（『大妻国文』二〇二三年三月）

第四章

江藤淳「十月の文学（上）」（『毎日新聞』一九七〇年九月二八日、夕刊）
幼方直吉「極東裁判と人間の思想——木下順二「神と人とのあいだ」によせて」（『思想』一九七二年一〇月）
宮岸泰治「「神と人とのあいだ」論」（『悲劇喜劇』一九七三年八月—一二月）
森恭三「避けられぬ戦争責任」（『朝日新聞』一九七二年一月三日、朝刊）
磯田光一「「東京裁判」論——木下順二「審判」を中心に」（『文學界』一九七五年八月）
小森陽一、成田龍一「松本清張と歴史への欲望」（『現代思想』二〇〇五年三月）
金ヨンロン「戦争裁判が甦る契機——木下順二『神と人とのあいだ』を手掛かりに」（『日本文学研究ジャーナル』二〇一九年三月）

第五章

江藤淳、吉本隆明「現代文学の倫理」（『海』一九八二年四月）
大岡昇平「成城だより」一九八二年八月一四日付（『成城だよりⅡ』中央公論新社、二〇一九年）
坪井秀人「プログラムされた物語——『羊をめぐる冒険』論（長編小説への旅）」（『国文学 解釈と教材の研究』一九九八年二月）
島村輝「坂手洋二『トーキョー裁判』」（『国文学 解釈と教材の研究』二〇〇二年一一月）
根岸泰子「大岡昇平——『ながい旅』における〈苦い真実〉」（『国文学 解釈と鑑賞』二〇〇五年一一月）
中島岳志「解説」『ながい旅』（角川文庫、二〇〇七年）

松枝誠「『羊をめぐる冒険』論――北海道から満州、そして戦後」(『論究日本文学』二〇〇七年五月)

第六章

VAWW-NET Japan 他編『日本軍性奴隷制を裁く――2000年女性国際戦犯法廷の記録』全六巻(緑風出版、二〇〇〇―〇二年)
上野千鶴子、蘭信三、平井和子編『戦争と性暴力の比較史へ向けて』(岩波書店、二〇一八年)
金ヨンロン「法と文法――井上ひさし『夢の痂』を中心に」(『社会文学』二〇一八年一〇月)
佐藤泉「記録・フィクション・文学性――「聞き書き」の言葉について」(『思想』二〇一九年一一月)
金富子、小野沢あかね編『性暴力被害を聴く――「慰安婦」から現代の性搾取へ』(岩波書店、二〇二〇年)

第七章

ジョン・W・ダワー著、猿谷要監修、斎藤元一訳『人種偏見――太平洋戦争に見る日米摩擦の底流』(ティビーエス・ブリタニカ、一九八七年)
岡真理『記憶/物語』(岩波書店、二〇〇〇年)
高橋哲哉「裁くこと、判断すること――二〇〇〇年女性国際戦犯法廷によせて」(VAWW-NET Japan 編『戦犯裁判と性暴力』緑風出版、二〇〇〇年)
木畑洋一、小菅信子、フィリップ・トウル編『戦争の記憶と捕虜問題』(東京大学出版会、二〇〇三年)
内海愛子『キムはなぜ裁かれたのか――朝鮮人BC級戦犯の軌跡』(朝日新聞出版、二〇〇八年)

ジョン・W・トリート著、水島裕雅他訳『グラウンド・ゼロを書く――日本文学と原爆』(法政大学出版局、二〇一〇年)
清水正義『「人道に対する罪」の誕生――ニュルンベルク裁判の成立をめぐって』(丸善プラネット、二〇一一年)
デイヴィッド・ダムロッシュ著、秋草俊一郎他訳『世界文学とは何か?』(国書刊行会、二〇一一年)
神村和美「〈新しい神話〉という《神話》――赤坂真理『東京プリズン』」(『学芸国語国文学』二〇一四年三月)
芝健介『ニュルンベルク裁判』(岩波書店、二〇一五年)
戸谷由麻『不確かな正義――BC級戦犯裁判の軌跡』(岩波書店、二〇一五年)
村上陽子『出来事の残響――原爆文学と沖縄文学』(インパクト出版会、二〇一五年)
加藤典洋『日の沈む国から――政治・社会論集』(岩波書店、二〇一六年)
フランコ・モレッティ著、秋草俊一郎他訳『遠読――〈世界文学システム〉への挑戦』(みすず書房、二〇一六年)
伊東祐吏「戦後論と小説のあいだ――赤坂真理『東京プリズン』論」(『シンフォニカ』二〇一六年一一月)
沼野充義「世界(文学)とは何か?――理念、現実、実践、倫理」(『思想』二〇一九年一一月)
沼野恭子「アレクシエーヴィチ『戦争は女の顔をしていない』」(NHK出版、二〇二一年)
金ヨンロン「沈黙を記載する方法――キム・スム『聞き取りの時間』(二〇二一)を手掛かりに」(『大妻女子大学紀要―文系―』二〇二三年三月)

おわりに

ロバート・イーグルストン著、田尻芳樹他訳『ホロコーストとポストモダン――歴史・文学・哲学はどう応答

したか』（みすず書房、二〇一三年）

既発表一覧（Younglong Kim、金ヨンロン）

「占領期における検閲主体の読書行為をめぐって——東京裁判と検閲を中心に——」（パネル「検閲と文学研究の現在」〈牧義之、尾崎名津子、村山龍、金ヨンロン、逆井聡人〉『早稲田大学国際検閲ワークショップ』二〇一八年一月）

「Post 3.11 and the Logic and Ethics of Recalling the Aftermath of Japan's Defeat in World War II: Focusing on Akasaka Mari's "Tokyo Prison"」（『Post 3.11 Perspectives on Japanese Literature』 Paris INALCO, 二〇一九年一二月）

「Who is the True War Criminal?: Reading Matsumoto Seichō's The Court Built on Sand: A Novel of the Tokyo Trial」（『Matsumoto Seichō: Media, Adaptation, and Middlebrow Literature』 UCLA, 二〇二〇年二月）

「War Crimes Trials in Japanese Literature: The Question of Korean Representation on the War Criminal Docket」（『Center for Japanese Studies Seminar』 University of Hawaiʻi at Mānoa, 二〇二〇年三月）

「식민지 지배 책임을 재심하는 문학：현대 일본의 전쟁 재판 표상을 중심으로（日本語訳：植民地支配責任を再審する文学：現代日本の戦争裁判の表象を中心に）」（『The 1st Sungkyun Annual International Forum on Cultural Studies: Post Corona, Post Cultural Studies』 zoom, 二〇二一年一月）

「日本文学のなかの戦争捕虜」（『シンポジウム　日本文学から考えるＰＯＷ・国際法・レイシズム』 zoom, 二〇二一年一二月）

図版出典一覧

図1　東京裁判ハンドブック編集委員会編『東京裁判ハンドブック』（青木書店、一九八九年）をもとに作図
図2　『朝日評論』一九四八年一二月
図3　メリーランド大学図書館ゴードン・W・プランゲ文庫所蔵
図4　『週刊朝日別冊　記録文学特集号』一九四九年九月
図5　『別冊小説新潮』一九五四年七月
図6　新田満夫編『極東国際軍事裁判速記録　第一巻』（雄松堂書店、一九六八年）
図7　『群像』一九七〇年一〇月

章扉写真
第一章、第二章、第三章、第五章、第七章　毎日新聞社提供
第四章、第六章　株式会社アマナ提供

あとがき

戦争裁判と文学、というテーマで本が書けるのだろうか。歴史と国際法の専門家ではないし、文学研究者としても、本書で扱った各作家や作品の専門家ではない、という不安があった。

そしてこの本を書いている間、大江健三郎氏に続いて川田文子氏の訃報があった。戦争を描き続け、暴力を抑止しようとした大きな作家たちがいなくなる。しっかり作品を読み、文学に批評性を取り戻す形で、故人の意志を引き継いでいきたいという焦りが出た。

至らないながら、何とか不安と焦りを乗り越えて本書を最後まで執筆することができたのは、このテーマで研究を始めてから出会った方々の支えがあったおかげである。

博士号取得以後、早稲田大学（文学学術院及び高等研究所）で新たな研究に着手してから惜しまず支援してくださった十重田裕一先生に心からお礼を申し上げたい。宗像和重先生、鳥羽耕史先生には研究内容に関する重要なコメントをいただき、山田宗史さんには、戦争裁判を書いた文学作品を調査する際にご助力いただいた。

植民地研究会で発表を聞いていただいて以来、様々な場面で大切なコメントをしてくださった内海愛子先生と宇田川幸大さん、ハワイ大学（マノア校）で貴重な研究の機会をいただき、適切な助言をしてくださった戸谷由麻さん、Andre Haag さん、Ken Ito 先生にもこの紙面を借りて感謝の気持ちを表したい。

いつも暖かく応援してくださる小森陽一先生、小森ゼミと日本社会文学会のみなさんにも改めてお礼を言いたい。

振り返ると、韓国淑明女子大学で李志炯先生に近現代日本文学における他者について学んだことがそもそも研究を始めた動機だったし、申河慶先生に大衆文化におけるBC級戦犯裁判について学んだことが、このテーマに興味をもった切掛けだった気がする。長い時間が経ち、私自身、日本文学を教える機会に恵まれた。特に、早稲田大学（「暴力と文学」二〇二一年度春学期）と大妻女子大学（「メディア文化演習」二〇二〇—二〇二一年度）の授業で戦争裁判を描いた難しい作品を一緒に読み、戦争と暴力を防ぐにはどうすればよいのか、真剣に考えてくれた学生たちに本書を届けたい。

また、本書は、大妻女子大学日本文学科という優れた研究環境に身を置き、科学研究費（課題番号：21K12929）の助成を受けて得られた成果である。同僚の先生方と学生のみなさんにお礼を申し上げたい。

最後に、この二人がいなかったら、本書は生まれなかったと思う。いつも最初の読者になってくれたパートナーの逆井聡人、毎回丁寧に原稿を読んでいただいた編集の吉田裕さんに心から感謝を申し上げる。

1997	帚木蓬生『逃亡』	
2000	入江曜子『少女の領分』	12 女性国際戦犯法廷
2001	*井上ひさし「夢の裂け目」，もりたなるお「校庭の犬」	9 米で同時多発テロ
2003		3 イラク戦争開始
2004	*井上ひさし「夢の泪」	
2005	*川田文子『イアンフとよばれた戦場の少女』，島田雅彦『退廃姉妹』	
2006	*井上ひさし「夢の痂」，柳広司『トーキョー・プリズン』	
2011		3 東日本大震災発生
2012	*赤坂真理『東京プリズン』	
2015	辺見庸「1★9★3★7」	
2018	*鄭義信「赤道の下のマクベス」	
2019		12 新型コロナウイルス感染症流行
2022		2 ロシア，ウクライナ侵攻

1958	*大江健三郎「飼育」	5 巣鴨在所者全員仮出所 12 各地 BC 級戦犯釈放
1960	寺山修司「人間実験室」	1 日米安全保障条約調印
1963	*堀田善衞『審判』, *小田実「折れた剣」	
1965		2 米，北ベトナムへの爆撃開始 6 日韓基本条約調印
1967		5 ラッセル法廷
1968	清水寥人『小説泰緬鉄道』	
1969	城山三郎「幻の虎」, 阿部昭「大いなる日」	
1970	佐多稲子『重き流れに』, 古山高麗雄「プレオー 8 の夜明け」	
1972	*木下順二『神と人とのあいだ』	5 沖縄本土復帰 9 日中国交回復
1973	*松本清張「砂の審廷 小説東京裁判」	1 ベトナム和平協定調印
1974	*城山三郎『落日燃ゆ』	
1975	澤地久枝『暗い暦』	
1976	岩川隆『神を信ぜず』	
1978		10 靖国神社，東条ら A 級戦犯合祀
1979	上坂冬子『生体解剖 九州大学医学部事件』	
1980	古山高麗雄「釈放された日」, 上坂冬子「絞首台に消えた BC 級戦犯者群像」	9 イラン・イラク戦争開始
1982	*大岡昇平『ながい旅』, *村上春樹「羊をめぐる冒険」	7 アジア，日本の教科書検定による歴史記述に抗議
1983	小林正樹監督の映画「東京裁判」, 豊田穣『小説・東京裁判』	5『東京裁判』国際シンポジウム開催
1986	林えいだい「銃殺命令」	
1987	*川田文子『赤瓦の家 —— 朝鮮から来た従軍慰安婦』	
1988	坂手洋二「トーキョー裁判」	
1989	*江藤淳『閉された言語空間 —— 占領軍の検閲と戦後日本』	1 昭和天皇死去 11 ベルリンの壁崩壊
1990	木村光一「夢は果てず」	8 イラク，クウェート侵攻
1991		1 湾岸戦争
1995	吉村昭『プリズンの満月』	1 阪神・淡路大震災発生 3 オウム真理教による地下鉄サリン事件 9 沖縄で米兵による少女暴行事件

略年表

本書で取り上げた作品は，左に＊を付けている．

年	戦争裁判・戦犯を描いた日本文学	関連する出来事
1945（昭和20）		8広島・長崎に原爆投下．ポツダム宣言受諾を決定．「玉音放送」．9降伏文書調印 10マニラでBC級裁判（山下裁判）開始 11ニュルンベルク裁判開廷
1946	坂口安吾「堕落論」，中山義秀「猿芝居」，＊中野重治「文学のこと・文学以前のこと」，＊中野重治「むごい人間とやさしい人間」	1 GHQ，極東国際軍事裁判所設立に関する「特別宣言」を発表．4 A級戦犯容疑者の28人の被告を選定 5東京裁判開廷 8元満州国皇帝溥儀出廷 10ニュルンベルク裁判判決
1947	竹山道雄「ハイド氏の裁き」，＊宮本百合子「明日の知性」，＊中山義秀「迷路」，岸田国士「火の扉」	5日本国憲法施行
1948	＊大佛次郎「東京裁判の判決」	11東京裁判判決 12東条ら7人の絞首刑執行
1949	＊川端康成「判決の記」，＊梅崎春生「黄色い日日」，＊久生十蘭「蝶の絵」	
1950		6朝鮮戦争勃発
1951	＊林芙美子「浮雲」	4オーストラリアのマヌス島の裁判でBC級裁判終了 9対日平和条約・日米安全保障条約調印
1952	三好十郎「冒した者」，壺井繁治「七つの首」（詩）	4対日平和条約発効
1953	木島始「蚤の跳梁」（詩）	
1954	三島由紀夫「復讐」，＊火野葦平『戦争犯罪人』，＊安部公房「壁あつき部屋」，＊大原富枝「巣鴨の恋人」	7自衛隊発足
1955	立野信之『東京裁判』	11自由民主党結成
1956		7経済白書「もはや戦後ではない」
1957	＊樋口茂子『非情の庭』，＊遠藤周作「海と毒薬」，庄野潤三「相客」	2第1次岸信介内閣成立

金ヨンロン

1984年韓国ソウル生まれ．東京大学大学院総合文化研究科博士課程修了．博士(学術)．日本近現代文学専攻．
現在―大妻女子大学文学部専任講師．
著書―『小説と〈歴史的時間〉―井伏鱒二・中野重治・小林多喜二・太宰治』(世織書房，2018年)
『「言論統制」の近代を問いなおす―検閲が文学と出版にもたらしたもの』(共編著，花鳥社，2019年) ほか

文学が裁く戦争―東京裁判から現代へ
岩波新書(新赤版)1996

2023年11月17日　第1刷発行

著　者　金ヨンロン(キム)

発行者　坂本政謙

発行所　株式会社 岩波書店
〒101-8002 東京都千代田区一ツ橋2-5-5
案内 03-5210-4000　営業部 03-5210-4111
https://www.iwanami.co.jp/

新書編集部 03-5210-4054
https://www.iwanami.co.jp/sin/

印刷・精興社　カバー・半七印刷　製本・中永製本

ISBN 978-4-00-431996-2　Printed in Japan

岩波新書新赤版一〇〇〇点に際して

ひとつの時代が終わったと言われて久しい。だが、その先にいかなる時代を展望するのか、私たちはその輪郭すら描きえていない。二〇世紀から持ち越した課題の多くは、未だ解決の緒を見つけることのできないままであり、二一世紀が新たに招きよせた問題も少なくない。グローバル資本主義の浸透、憎悪の連鎖、暴力の応酬――世界は混沌として深い不安の只中にある。

現代社会においては変化が常態となり、速さと新しさに絶対的な価値が与えられた。消費社会の深化と情報技術の革命は、種々の境界を無くし、人々の生活やコミュニケーションの様式を根底から変容させてきた。ライフスタイルは多様化し、一面では個人の生き方をそれぞれが選びとる時代が始まっている。同時に、新たな格差が生まれ、様々な次元での亀裂や分断が深まっている。社会や歴史に対する意識が揺らぎ、普遍的な理念に対する根本的な懐疑や、現実を変えることへの無力感がひそかに根を張りつつある。そして生きることに誰もが困難を覚える時代が到来している。

しかし、日常生活のそれぞれの場で、自由と民主主義を獲得し実践することを通じて、私たち自身がそうした閉塞を乗り超え、希望の時代の幕開けを告げてゆくことは不可能ではあるまい。そのために、いま求められていること――それは、個と個の間で開かれた対話を積み重ねながら、人間らしく生きることの条件について一人ひとりが粘り強く思考することではないか。その営みの糧となるものが、教養に外ならないと私たちは考える。歴史とは何か、よく生きるとはいかなることか、世界そして人間はどこへ向かうべきなのか――こうした根源的な問いとの格闘が、文化と知の厚みを作り出し、個人と社会を支える基盤としての教養となった。まさにそのような教養への道案内こそ、岩波新書が創刊以来、追求してきたことである。

岩波新書は、日中戦争下の一九三八年一一月に赤版として創刊された。創刊の辞は、道義の精神に則らない日本の行動を憂慮し、批判的精神と良心的行動の欠如を戒めつつ、現代人の現代的教養を刊行の目的とする、と謳っている。以後、青版、黄版、新赤版と装いを改めながら、合計二五〇〇点余りを世に問うてきた。そして、いままた新赤版が一〇〇〇点を迎えたのを機に、人間の理性と良心への信頼を再確認し、それに裏打ちされた文化を培っていく決意を込めて、新しい装丁のもとに再出発したいと思う。一冊一冊から吹き出す新風が一人でも多くの読者の許に届くこと、そして希望ある時代への想像力を豊かにかき立てることを切に願う。

（二〇〇六年四月）

文学

- 川端康成 孤独を駆ける　十重田裕一
- いちにち、古典 〈とき〉をめぐる日本文学誌　田中貴子
- 芭蕉のあそび　深沢眞二
- 森鷗外 学芸の散歩者　中島国彦
- 万葉集に出会う　大谷雅夫
- 大岡信 架橋する詩人　大井浩一
- 源氏物語を読む　高木和子
- 『失われた時を求めて』への招待　吉川一義
- 三島由紀夫 悲劇への欲動　佐藤秀明
- 有島武郎　荒木優太
- ジョージ・オーウェル　川端康雄
- 大岡信『折々のうた』選 詩と歌謡　蜂飼耳編
- 大岡信『折々のうた』選 短歌(一)・(二)　水原紫苑編
- 大岡信『折々のうた』選 俳句(一)・(二)　長谷川櫂編
- 日曜俳句入門　吉竹純
- 短篇小説講義〔増補版〕　筒井康隆
- 日本の同時代小説　斎藤美奈子
- 武蔵野をよむ　赤坂憲雄
- 中原中也 沈黙の音楽　佐々木幹郎
- 戦争をよむ 70冊の小説案内　中川成美
- 夏目漱石と西田幾多郎　小林敏明
- 『レ・ミゼラブル』の世界　西永良成
- 北原白秋 言葉の魔術師　今野真二
- 漱石のこころ　赤木昭夫
- 夏目漱石　十川信介
- 村上春樹は、むずかしい◆　加藤典洋
- 「私」をつくる 近代小説の試み　安藤宏
- 現代秀歌　永田和宏
- 言葉と歩く日記　多和田葉子
- 近代秀歌　永田和宏
- 杜甫　川合康三
- 古典力　齋藤孝
- 和本のすすめ　中野三敏
- 老いの歌　小高賢
- 魯迅◆　藤井省三
- ラテンアメリカ十大小説　木村榮一
- 正岡子規 言葉と生きる　坪内稔典
- 白楽天　川合康三
- ぼくらの言葉塾　ねじめ正一
- 季語の誕生　宮坂静生
- 和歌とは何か　渡部泰明
- 小林多喜二　ノーマ・フィールド
- いくさ物語の世界　日下力
- 漱石 母に愛されなかった子　三浦雅士
- アラビアンナイト　西尾哲夫
- 小説の読み書き　佐藤正午
- 季語集◆　坪内稔典
- 学力を育てる　志水宏吉
- 森鷗外 文化の翻訳者　長島要一
- 英語でよむ万葉集◆　リービ英雄
- 源氏物語の世界　日向一雅

岩波新書より

花のある暮らし	栗田勇
読書力	齋藤孝
一億三千万人のための小説教室	高橋源一郎
一葉の四季	森まゆみ
西遊記	中野美代子
中国文章家列伝	井波律子
太宰治	細谷博
ジェイムズ・ジョイスの謎を解く	柳瀬尚紀
三国志演義	井波律子
短歌をよむ	俵万智
新しい文学のために	大江健三郎
歌い来しかた　わが短歌戦後史	近藤芳美
万葉群像	北山茂夫
新折々のうた 1〜9◆	大岡信
続折々のうた	大岡信
詩への架橋	大岡信
アメリカ感情旅行	安岡章太郎
読書論	小泉信三

黄表紙・洒落本の世界	水野稔
詩の中にめざめる日本	真壁仁編
日本の現代小説	中村光夫
日本の近代小説	中村光夫
平家物語◆	石母田正
源氏物語	秋山虔
古事記の世界◆	西郷信綱
日本文学の古典〔第二版〕◆	西郷信綱、永積安明、広末保
李白	A・ウェイリー、小川環樹、栗山稔訳
新唐詩選	吉川幸次郎、三好達治
中国文学講話	倉石武四郎
ギリシア神話◆	高津春繁
文学入門	桑原武夫
万葉秀歌 上・下	斎藤茂吉

岩波新書より

随筆

高橋源一郎の飛ぶ教室	高橋源一郎
江戸漢詩の情景	揖斐高
読書会という幸福	向井和美
俳句と人間	長谷川櫂
知的文章術入門	黒木登志夫
人生の1冊の絵本	柳田邦男
レバノンから来た能楽師の妻	梅若マドレーヌ 竹内要江 訳
二度読んだ本を三度読む	柳広司
原民喜 死と愛と孤独の肖像	梯久美子
声優 声の職人	森川智之
生と死のことば 中国の名言を読む	川合康三
正岡子規 人生のことば	復本一郎
作家的覚書	髙村薫
落語と歩く	田中敦
文庫解説ワンダーランド	斎藤美奈子
俳句世がたり	小沢信男
日本の一文 30選	中村明
ナグネ 中国朝鮮族の友と日本	最相葉月
子どもと本	松岡享子
医学探偵の歴史事件簿 ファイル2	小長谷正明
里の時間◆	芥川仁 阿部直美
閉じる幸せ	残間里江子
女の一生	伊藤比呂美
仕事道楽 新版 スタジオジブリの現場	鈴木敏夫
医学探偵の歴史事件簿◆	小長谷正明
もっと面白い本	成毛眞
99歳一日一言◆	むのたけじ
土と生きる 循環農場から◆	小泉英政
なつかしい時間	長田弘
ラジオのこちら側で◆	ピーター・バラカン
面白い本	成毛眞
百年の手紙	梯久美子
本へのとびら	宮崎駿
ぼんやりの時間◆	辰濃和男
思い出袋◆	鶴見俊輔
活字たんけん隊	椎名誠
道楽三昧	小沢昭一 神崎宣武 聞き手
文章のみがき方	辰濃和男
悪あがきのすすめ	辛淑玉
水の道具誌	山口昌伴
スローライフ	筑紫哲也
森の紳士録◆	池内紀
沖縄生活誌◆	高良勉
シナリオ人生◆	新藤兼人
怒りの方法◆	辛淑玉
伝言	永六輔
四国遍路◆	辰濃和男
嫁と姑	永六輔
親と子	永六輔
夫と妻	永六輔
愛すべき名歌たち	阿久悠
活字博物誌	椎名誠

岩波新書より

芸術

- カラー版 名画を見る眼II　高階秀爾
- カラー版 名画を見る眼I　高階秀爾
- 占領期カラー写真を読む　佐藤洋一／衣川太一
- 水墨画入門　島尾新
- 酒井抱一 俳諧と絵画の織りなす抒情　井田太郎
- 平成の藝談 歌舞伎の真髄にふれる　犬丸治
- K-POP 新感覚のメディア　金成玫
- ベラスケス 宮廷のなかの革命者　大髙保二郎
- ヴェネツィア 美の都の一千年　宮下規久朗
- 丹下健三 戦後日本の構想者　豊川斎赫
- 学校で教えてくれない音楽◆　大友良英
- 中国絵画入門　宇佐美文理
- 瞽女うた　ジェラルド・グローマー
- 東北を聴く　佐々木幹郎
- 黙示録　岡田温司
- ボブ・ディラン ロックの精霊　湯浅学
- 仏像の顔　清水眞澄
- 柳宗悦　中見真理
- ヘタウマ文化論　山藤章二
- 小さな建築　隈研吾
- コルトレーン ジャズの殉教者　藤岡靖洋
- 雅楽を聴く　寺内直子
- 歌謡曲　高護
- 歌舞伎の愉しみ方　山川静夫
- 自然な建築　隈研吾
- 肖像写真　多木浩二
- 東京遺産　森まゆみ
- 絵のある人生　安野光雅
- 日本の色を染める　吉岡幸雄
- プラハを歩く　田中充子
- 日本絵画のあそび　榊原悟
- ぼくのマンガ人生　手塚治虫
- 日本の近代建築 上・下　藤森照信
- ゲルニカ物語　荒井信一
- 千利休 無言の前衛　赤瀬川原平
- やきもの文化史　三杉隆敏
- 歌右衛門の六十年　中村歌右衛門／山川静夫
- フルトヴェングラー　芦津丈夫／脇圭平
- 明治大正の民衆娯楽　倉田喜弘
- 茶の文化史　村井康彦
- 日本の耳　小倉朗
- 日本の子どもの歌　園部三郎／山住正己
- 二十世紀の音楽　吉田秀和
- 水墨画　矢代幸雄
- 絵を描く子供たち　北川民次
- ギリシアの美術　澤柳大五郎
- 音楽の基礎　芥川也寸志
- 日本刀　本間順治
- 日本美の再発見〔増補改訳版〕　ブルーノ・タウト／篠田英雄訳
- ミケルアンヂェロ　羽仁五郎

(2023.7)　◆は品切，電子書籍版あり．(R)

岩波新書より